# Comunidades em oração

Pe. Roque Schneider, SJ

# Comunidades em oração

Edições Loyola

**Preparação:** Maurício Balthazar Leal
**Capa:** Walter Nabas
Foto de Sander Klaver/Stock.XCHNG
**Diagramação:** Ronaldo Hideo Inoue
**Revisão:** Renato da Rocha

**Edições Loyola Jesuítas**
Rua 1822, 341 – Ipiranga
04216-000 São Paulo, SP
**T** 55 11 3385 8500
**F** 55 11 2063 4275
**editorial**@loyola.com.br
**vendas**@loyola.com.br
**www.loyola.com.br**



ISBN 978-85-15-03908-1

**2ª edição:** novembro de 2014
conforme novo acordo ortográfico da Língua Portuguesa

# Sumário

# Apresentação

*Comunidades em oração*, um singelo livro de espiritualidade para auxiliar os grupos de estudo e reflexão nas paróquias, capelas e comunidades.

A prece é a invasão do divino em nossa existência peregrina, efêmera, mortal.

Segundo uma antiga tradição cristã, Deus envia cada um de nós a este mundo com duas missões específicas: transmitir mensagens importantes, substanciais, e também executar alguma canção especial aos irmãos de caminhada.

O fascínio do ser humano é descobrir, desvendar, adquirir, armazenar, ter amigos e desfrutar um justo lugar ao sol.

O fascínio de Deus é acolher, existir, salvar, redimir.

A oração em comunidade tem sua beleza e sua força especial, todos sabemos.

As liturgias eucarísticas, os retiros espirituais, nossas Horas Santas diante do Santíssimo Sacramento ganham mais alegria, tonalidade festiva e calor humano, espiritual, com a presença de fervorosos cânticos.

Um coração orante, impregnado de melodias sorri com mais facilidade, se entusiasma com mais frequência, se doa aos outros com generosidade maior.

Comunidade que reza transpira paz e solidariedade, aprofundando sua vocação eucarística e missionária.

Sorria, cante e agradeça. Você é redimido e Deus ama você eternamente.

Comunidade que junta as mãos em prece realiza pequenos-grandes milagres, que os remédios e o divã do psicanalista nem sempre conseguem registrar. Um coração que ora e canta é mais liberto, mais arejado, mais fraternal...

"Reze e trabalhe", diziam os antigos mestres. *Ora et labora...* levando a oração para dentro do trabalho e levando trabalho e música para dentro da oração.

Quem reza e canta musicaliza o seu dia, conferindo sabor diferente ao seu convívio familiar e comunitário, aos seus afazeres e às pequenas coisas de cada dia.

Cânticos sacros e oração comunitária nos conectam com Deus, com a eternidade, trazendo o infinito ao centro da nossa existência.

Comunidade, em oração,
segredo e alegria,
caminho de felicidade,
terapia espiritual e solução,
sob as bênçãos de Cristo e Maria.

# PARTE I
## A FELICIDADE DE PARTILHAR

Da partilha nasce a felicidade, a paz
profunda, a esperança de um mundo melhor.
Mais justo, solidário e cristão.
Passamos a vida na busca das nossas raízes,
da nossa identidade religiosa e cultural.
Pense positivo e o seu meio ambiente
será menos hostil, mais pacificado.
Semeie calor humano, simpatia,
e todos desejarão viver à sua volta.
A vida vale a pena quando a transformamos
em ofertório, oferenda e altar.
Ser e existir: um eterno vir a ser sob as
bênçãos de Cristo, redentor da humanidade.

# 1
# Força da comunidade

Os moradores da aldeia procuravam a felicidade, sem encontrá-la. Um dia, alguém lhes falou:

— Gente, a felicidade se esconde no fundo daquele poço, lá na praça...

Todos saíram correndo para o local indicado.

Dezenas de mãos fizeram corrente, puxando a corda. E o balde subia do fundo do poço.

Um brilho de expectativa indescritível desenhou-se nos olhos de todos. Finalmente concretizariam seu grande anseio.

Súbito, a cruel decepção. Na ponta da corda, apenas um velho balde. Furado, feio, enferrujado e vazio. Dolorosamente vazio.

O grupo se entreolhou, triste, arrasado. Fora apenas um sonho, ilusão. Mais uma derrota ao lado de tantas outras.

Quebrando o pungente silêncio, de rosto iluminado, alguém falou:

— Eu acho que deveríamos agradecer, apesar de tudo... Meia hora atrás, éramos ilustres desconhecidos. Estranhos na mesma aldeia. A gente se conheceu agora, chegou mais perto um do outro. Este balde vazio e enferrujado nos aproximou!

No outro lado da corda, a grande descoberta. A descoberta do grupo, da comunidade. A alegria da entreajuda, do encontro, da partilha, da amizade.

Descoberta maravilhosa com gosto de esperança, de novas perspectivas desenhadas no horizonte.

Sabiamente vivenciada,<br>a solidariedade

nos leva à santidade
e é, de longe,
o melhor bilhete de entrada,
no portal da eternidade.

# 2
# O caminho do céu

A mais complexa e misteriosa viagem existencial é para dentro de nós mesmos, no mergulho sagrado que leva aos recessos do nosso *eu interior*.

Jornada de vida inteira com luzes e sombras, com avanços e recuos, pontilhada de interrogações, tantas vezes sem resposta.

Ninguém sobre a face da terra se conhece por inteiro, exaustivamente.

Existe sempre alguma praia não palmilhada, algum horizonte jamais atingido.

Padre Antônio fora transferido para uma nova paróquia, no fim do ano. Como trazia pouca bagagem, desceu do ônibus na rodoviária, dispensou o táxi e foi caminhando em direção ao seu novo endereço residencial.

A certa altura percebeu que andava meio perdido pelas ruas desconhecidas.

Alguns garotos batiam bola pelas imediações. Padre Antônio pediu ajuda.

— A casa do vigário é logo aí, reverendo. O senhor pega a direita, quebra para a esquerda, anda dois quarteirões e verá a igreja pintada de branco.

Padre Antônio agradeceu:

— Como é o seu nome, menino?

— Nandinho, o melhor craque de futebol do bairro.

— Beleza, meu filho, gostei de você. Sou o novo vigário da paróquia. No domingo que vem já vou começar as aulas de catecismo para as crianças e os adolescentes. Compareça, sem falta. Eu vou ensinar a você o caminho para o céu.

Sorrindo, o Nandinho não conseguiu esconder uma ponta de ironia infantil:

— Estranho, reverendo... O senhor não sabe nem mesmo o endereço da casa paroquial. E pensa em me ensinar o caminho para o céu? Tá difícil de entender...

Entre as montanhas de definições sobre a existência humana esta é uma: *viver é peregrinar. Do berço à sepultura.*

Labiríntico é o nosso coração. Somos mistério por definição.

Redimidos, frágeis, mortais e limitados, valemos o preço do sangue de um Deus que nos ama desde toda a eternidade.

# 3
# A beleza interna

As qualidades de dentro são mais importantes que os predicados de fora.

A beleza externa murcha. E os anos alquebram as nossas forças.

A beleza interna resiste ao desgaste do tempo e desconhece idade.

Existem jovens precocemente envelhecidos pela vaidade, pela falta de idealismo, pelo vazio das suas vidas.

E existem velhinhos de 70, 80 ou 90 anos, alquebrados pela idade, de rosto enrugado, bem jovens de espírito, maravilhosos por dentro.

Jovem é o coração desarmado, aberto ao Infinito, com espaço sempre disponível para acolher pessoas.

Ser jovem é não estacionar no tempo, no espaço, continuamente redimensionando atitudes e pensamentos, recompondo a casa, recomeçando a cada amanhecer.

Ser jovem é extrair braçadas de alegria das pequenas coisas de cada dia.

Tudo o que é precioso e sagrado mora no íntimo e não na superfície, cresce melhor no clima do silêncio do que na algazarra das rodas sociais.

Será que os apressados cidadãos modernos, tagarelas e ruidosos, ainda sabem o que é alegria profunda, paz verdadeira?

O que tem raízes sólidas dispensa alarde, publicidade.

Desconfie sempre de quem faz propaganda estrepitosa dos seus talentos e virtudes, dos seus progressos e realizações.

O que vem de dentro se impõe espontaneamente, irradia para fora sem agredir.

Amor autêntico é mais capela do que clarim retumbante, mais oratório do que manchete de jornal.

As almas privilegiadas gostam do recolhimento, da prece, da meditação.

Tudo o que é sagrado e duradouro lateja no âmago e não nas periferias.

Saber ouvir, estar atento é sabedoria e bom-senso na arte de viver e conviver, no nosso lar e na nossa comunidade.

Aprenda a escutar a voz das coisas, dos fatos, e você verá como tudo fala e transmite algum recado, como tudo se comunica conosco.

*Ficai comigo, Senhor, ao longo de mais um dia. Quero ser útil, sem nunca esmorecer, cantando salmos de alegria, de otimismo e profunda gratidão.*

# 4
# Criatividade e oração

Quatro etapas de sabor diferente, de repercussão psicológica diversa, podem acontecer na nossa vida. E acontecem, de verdade, com os seus benefícios e flancos negativos.

1 – euforia inicial;

2 – rotina;

3 – apatia;

4 – resignação amargurada.

Na euforia inicial, tudo é festa, primavera, flores, encantamento, lua de mel.

Os olhos brilham, o rosto sorri, o coração jubila.

Canções a bordo. Ventos felizes enfunando as velas do barco.

Com o passar do tempo: a crise. Em sua raiz: a rotina.

Os defeitos aparecendo. O entusiasmo primeiro murchando, o barco começando a fazer água...

*Rotina*... O mesmo rosto, a mesma voz, os mesmos tiques, o mesmo corpo, a mesma maneira de ser e de se comportar.

Cansaço à vista. A monotonia abrindo brechas para o tédio, o sempre igual e bocejante!

Os perigos da rotina podem ser deletérios e fatais se não são corrigidos e administrados com empenho e arte.

Com um pouco de paciência, de boa vontade, de compreensão, de realismo, de poesia, de benevolência e de amor cristão, os horizontes se aclaram e tudo se torna mais ameno, sorridente, banhado em sol.

E terminamos recuperando a euforia, o encantamento inicial, tão fundamentais em nosso existir peregrino.

Criatividade, coração magnânimo e Deus presente: três garantias de amor mais profundo e durável, mais abrangente, mais integral. E sempre novo, remoçado, a cada amanhecer.

# 5
# O retorno às fontes

Um clamor universal se avoluma, nostálgico, amargo, desalentado. Pessoas adultas desabafam:

— Já não me conheço. Já não sou o mesmo. Antigamente eu era mais alegre, mais despreocupado, mais sereno, mais feliz. Eu sentia paz, segurança e o gosto bom de viver.

Na pressa e na correria, a fé soçobra e a esperança se esvazia.

O mundo transformou-se numa grande roda-gigante. E como range, meu Deus, triturando-nos impiedosamente nas suas engrenagens desumanas, implacáveis!

Rezar é fundamental. Quem não reza é anormal.

Os filhos se comunicam e dialogam com o seu pai, a sua mãe. Não somos todos filhos de Deus?

A oração, remédio e terapia universal, transforma as pessoas. Não por fora, mas por dentro.

Pessoa convertida, transformada tem olhos novos para ver, coração novo para sentir e amar.

A vida tem a cor, a profundidade e o sabor dos nossos valores internos.

A oração não nos livra do sofrimento, mas amortece-o. O espinho já não punge tanto, e as pedras do caminho ferem menos.

Longe de Deus nos desequilibramos psicologicamente, porque a dimensão religioso-espiritual mora inatamente dentro de nós. É carimbo de nascença, marca inapagável, enraizada nos longes da eternidade.

Quem tenta desconectar-se do Infinito abre um rombo imenso no seu coração, talhado para o Absoluto.

Os valores efêmeros da terra não preenchem nem satisfazem o nosso cântaro-alma, sedento de imortalidade, vinculado à transcendência.

Quem tenta viver de costas para Deus joga fora as chaves da paz, da felicidade, da realização humana. *Ser filho ingrato não é nada inteligente.*

Com Deus nós temos TUDO.

Sem valores espirituais NADA temos.

# 6
# Nas tendas do provisório

Existem pessoas que nunca escrevem uma carta sem antes fazer um rascunho.

Pergunte aos escritores, poetas e jornalistas: a maioria dos livros, poemas, capítulos e reportagens passam primeiro pelo rascunho, por um esboço prévio.

Depois ganham a sua alforria e são publicados.

O ser humano é, ao mesmo tempo, busca e peregrinação, pergunta e resposta, promessa e realidade, luz e mistério.

Um esboço sempre a caminho de ulterior acabamento.

Na verdade, nunca finalizamos totalmente a obra.

Há sempre lacunas a preencher, vazios reclamando presença, gritos parados no ar, novas montanhas a escalar e mil léguas a percorrer, antes que o sol descambe no final de mais um dia.

A vida é um *perpétuo vir a ser*, porque todos residimos nas tendas do provisório.

Escritores existenciais: hoje trabalhamos o rascunho. *O livro definitivo? Só na eternidade.*

Penso assiduamente sobre o ser humano diante do tempo e observo como as pessoas administram o seu tempo, o seu dia a dia.

Diga-me como você preenche as suas 24 horas diárias e eu saberei se você é superficial ou profundo, preguiçoso ou trabalhador, individualista ou solidário.

O tempo é um processo, caminho aberto, parêntese entre o berço e a sepultura, chance misericordiosa, que Deus nos dá, para deixarmos a nossa marca de fé e bondade nos sulcos do existir.

Tempo valorizado é sabedoria existencial.

Tempo perdido, esbanjado: tolice ingênua, imperdoável, que compromete o nosso destino futuro, na glória da eternidade.

# 7
# Riqueza interior

Próspero, rico e bem-sucedido, certa noite o fazendeiro Albuquerque teve um estranho sonho. Uma voz misteriosa voz avisava: “Nos próximos dias morrerá o homem mais rico da região”.

Ao acordar, pela manhã, ele cismou com os seus botões... “Será que os meus dias estão contados?”

Preocupado, Albuquerque buscou um médico, externando-lhe as suas apreensões. Exames de rotina realizados, o médico tranquilizou o aflito fazendeiro:

— O seu coração, o colesterol e a pressão arterial estão excelentes, dentro do normal. Não fique preocupado. Sonho é sonho, devaneio noturno, irrealidade.

Feliz da vida, soltando foguetes, Albuquerque espalhou pela cidade o susto que levara.

E para comemorar o seu atestado de boa saúde, acenando longevidade, organizou a maior festa da paróquia, convidando a vizinhança, amigos, familiares, parentes e conhecidos.

Lá pela meia-noite, cerveja e champanhe rolando fartamente, alguém bateu à porta do casarão festivamente iluminado:

— Desculpe, patrão, estou trazendo uma notícia triste. Acaba de falecer, de infarto fulminante, o caseiro João, da fzenda Esperança. Achei que eu devia avisar o senhor...

No velório, horas depois, entre lágrimas, luto e orações, todos os presentes comentavam: “O sonho do senhor Albuquerque aconteceu... Faleceu, sim, o homem mais rico da região... o senhor João, amigo de todos, exemplar esposo e pai de família, sempre caridoso, prestativo, bem-humorado, serviçal. Um cristão nota 10”.

A riqueza maior, de foro íntimo, espiritual, é invisível a olhares profanos, superficiais. “*Só se vê bem com os olhos do coração*”, dizia o poeta Exupéry.

As pessoas mais ricas do universo repartem o seu tempo e a sua vida, partilhando solidariedade, favores, paz e alegria de viver.

O egoísmo, ao contrário, empobrece e apequena qualquer coração humano. A felicidade começa onde terminam os pequenos interesses pessoais.

*Senhor, manso e humilde de coração, que eu tenha as mãos de Marta e a espiritualidade de Maria.*

*Ajudai-me a equilibrar, com harmonia e serenidade, trabalho, descanso e oração nos meus ofertórios de cada dia.*

# 8
# Realismo e humildade

Gostaríamos de ser inteiros e não divididos. Unitários, monobloco. E não assim dispersos, fragmentados, um pouco perdidos. Cansados de tanto trabalhar ou nos omitir. De tanto indagar e não obter a resposta satisfatória.

Aquela ânsia desmedida de mergulhar fundo, de dar passos maiores que as nossas frágeis capacidades mortais...

Essa febre incontida de mil tarefas, quando mal e mal temos força, talento e perseverança para uma ou duas...

Incapazes de conciliar dezenas de vocações simultâneas ou diferentes, sejamos humildes e realistas, vivendo em profundidade e alegria a vocação da partilha, da fraternidade, do convívio harmonioso com os nossos irmãos.

Na verdade, muita gente não chega a lugar algum porque persegue objetivos demasiados.

Outros situam-se no campo oposto: não crescem, não progridem, não se realizam porque não definem os seus objetivos. Aquele jovem disse tudo:

— Um ideal na vida? Chato demais. Exige esforço, perseverança. Meu lema é este: deixo a vida rolar, deixo-me levar pela corrente. Quem sabe um dia chego lá.

Não deixe a vida simplesmente rolar. Assuma o leme, o comando, selecionando objetivos, priorizando tarefas.

Para fugir do nervosismo, da estafa, realize apenas um trabalho por vez, sem querer abraçar o mundo inteiro.

A calma, a sobriedade e o bom-senso só ajudam. E não fazem mal a ninguém. Acredite nisso.

Garante vitórias quem toma nas mãos, conscientemente, as rédeas do seu destino: projetos, sonhos e realizações.

Apesar dos problemas e desafios, dos percalços e dificuldades, o cristão pode sorrir na força da esperança, ao clarão da fé, do Pentecostes e da Páscoa da ressurreição.

# 9
# Estrelas dentro da noite

Além de simpático, trabalhador incansável, o caboclo Mateus era um otimista genial.

Certa madrugada, o vento soprou forte, a tempestade rugiu, destelhando parcialmente o seu barraco.

Água entrando pelo teto esburacado, todo mundo levantou, acionando vassouras e panos para enxugar a casa encharcada de água.

Depois, todos foram dormir novamente. E o velho Mateus filosofou com a sua esposa:

— Milagre, mulher... Foi necessária toda essa tempestade para a gente ver as estrelas do céu pela primeira vez... aqui do nosso quarto!

O povo simples, calejado na vida, tem olhos e coração que enxergam mais longe, mais alto, mais fundo.

As pessoas humildes, escoladas na dura experiência do cotidiano, captam lições e mistérios que os sábios do mundo nem sempre descobrem.

Para atingir a plenitude da paz e saborear a existência em seu âmago, o cérebro é menos importante que o coração.

Jesus dizia que as crianças inocentes têm antenas que muitos adultos e homens letrados desconhecem ou perderam, em alguma volta do caminho.

Subscrevo o poeta Exupéry: "As pessoas grandes têm sempre necessidade de explicações. Elas não compreendem nada sozinhas, e é cansativo, para as crianças, estar toda hora explicando".

No infortúnio, o veterano Mateus vislumbrou estrelas nunca antes contempladas.

A simplicidade e o sofrimento captam mistérios e sutilezas que os melhores telescópios, os computadores e a ciência humana jamais atingem.

Com as asas da humildade voamos mais alto e mais longe do que com as turbinas vaidosas do orgulho, da empáfia, da ostentação.

# 10
# Vida e esperança

Na literatura francesa, Guy de Maupassant se destaca como contista, como fabricador de histórias inesquecíveis.

Um dia lhe perguntaram qual o segredo para redigir um conto de valor. A resposta veio pronta:

— Deve ter um bom começo e um bom final.

— Mas e no meio? O que se coloca entre o início e o desfecho?

— No meio deve estar o artista — respondeu calmamente Maupassant.

Na difícil e complexa arte de viver, existem bons e maus artistas.

Cada qual constrói e molda a sua existência com ou sem arte, dissipando-a ou valorizando-a.

Mesmo não sendo Michelangelo, você pode fazer da sua vida uma obra-prima agradável a Deus e preciosa para os seus irmãos. *Viver é repartir com alegria fraternal.*

Para os tristes e amargurados os ventos choram cantigas de aflição. Para os alegres e otimistas os ventos cantam salmos de gratidão.

Vitórias e derrotas atapetam a trajetória humana. Ganhar e perder fazem parte do cotidiano.

Até perdendo é possível ganhar. São os paradoxos da caminhada.

Nem sempre o triunfo é benéfico, salutar. Existem lições que só a derrota e o fracasso ensinam.

A rigor, o cristão nunca fracassa. Ele aprende, cria experiência.

O filho pródigo amou mais seu pai, após a ingratidão filial, no seu regresso contrito à casa paterna.

Até o pecado é graça se nos coloca mais perto de Deus.

É tão misteriosa e comovente a pedagogia da misericórdia divina!

Sem a estrada de Damasco — Saulo perseguindo os cristãos — talvez não tivesse nascido o grande apóstolo Paulo, apaixonado por Cristo e pelo Evangelho.

As trevas de hoje podem ser substituídas pela luz amanhã.

Onde há crise pulsa vida. Esperar é viver, persistir e acreditar.

# PARTE II

Seguem aqui alguns textos preparados
para os momentos de oração comunitária,
precedidos por uma pequena reflexão.
A escolha dos cânticos fica a critério do sacerdote,
do dirigente, da comunidade.

# 1
# Pelas estradas da vida

A frase é do filósofo Confúcio, tantas vezes lembrado: "*Uma jornada de mil léguas começa com um primeiro passo*".

1. A maior força do mundo não são as armas, o poder econômico, conta bancária, bens materiais.

2. A oração, pensamento positivo, coragem e determinação, fé, esperança e motivação profunda fazem a grande diferença em nosso existir.

3. Não tome nenhuma resolução mais séria quando você estiver chateado, ferido, magoado. Nem quando estiver supereufórico e apaixonado...

Consulte antes o seu travesseiro, considerado excelente conselheiro, em qualquer momento existencial.

Dormir algumas horas antes de enfrentar um problema é sábio e sensato.

Tomar tempo e distância sempre foi admirável terapia, lúcida solução.

4. Faça novos amigos, mas preserve e cultive os antigos.

5. Não é sábio, à luz do Evangelho, quem envereda pelos caminhos do egoísmo, do ódio e do rancor, mais preocupado em ganhar dinheiro do que em respeitar a dignidade dos outros.

6. Insensatos todos aqueles que se fecham em esquemas de autossuficiência, de comodismo, navegando as águas da omissão, pensando apenas em prestígio, bom emprego, aplausos e conforto pessoal.

7. Simplifique a sua vida sempre que possível.

A complicação é um veneno, um desastre.

Tolice complicar o que é simples: atormenta a vida própria e a alheia.

8. Pense antes de agir, especialmente quando você se encontra emocionalmente aborrecido.

Nunca perca a cabeça e procure atuar e decidir com objetividade, sempre.

Os impulsivos e precipitados costumam arrepender-se posteriormente.

Busque valorizar com alegria e determinação as pequenas coisas de cada dia.

Os heróis se provam, e nós os reconhecemos, na rotina do cotidiano.

À luz da eternidade,
o desprendimento e a humildade
valem mais que o orgulho e a vaidade.

## ORAÇÃO, DIÁLOGO, PERDÃO

DIRIGENTE — Rezar é comunicar-se com Deus. Rezar é entrar em sintonia com o Pai, o Filho e o Espírito Santo, conferindo uma dimensão de espiritualidade ao nosso cotidiano. Agradecendo por estes momentos de encontro e de oração, rezemos a oração que Jesus nos ensinou:

TODOS — Pai Nosso, que estais no céu...

DIRIGENTE — Rezando, formamos comunidade, somos família. Desde toda a eternidade este foi sempre o grande sonho de Deus: a humanidade inteira formando uma grande família. Todos irmãos, amigos, vivendo em concórdia, praticando a justiça, construindo a civilização do amor. Grande sonho do Pai... infelizmente não realizado, não concretizado na vida da maioria dos povos, na vida de milhões e milhões de seres humanos.

LEITOR 1 — O Pai sempre desejou que fôssemos uma grande família de paz, de união, de amor, de fraternidade. Sabemos todos que a família é a miniatura da sociedade. Se as famílias vão bem, também a sociedade vai bem. Se as famílias vão mal, também a sociedade vai mal. A paz, a concórdia, a fraternidade, o amor, a justiça iniciam em casa, dentro do lar. Jamais existirá uma sociedade justa e fraterna se não houver primeiro justiça, fraternidade e amor dentro dos lares, das nossas famílias.

TODOS — Coração de Jesus e de Maria,/abençoai nossos lares, nossas famílias.

LEITOR 2 — Para sobreviver nos tempos difíceis de hoje, enfrentando obstáculos, desafios e contratempos, para ser um lar cristão, construído sobre o Evangelho, a família deve ser uma comunidade de oração, de diálogo e de perdão.

LEITOR 1 — Comunidade significa comum-união, comunhão de pensamentos, de almas, de atitudes, de sentimentos, de ideais.

FAMÍLIA — Comunidade não pode ser uma espécie de hotel ou pensão onde as pessoas não se conhecem, não falam entre si, não se comunicam.

TODOS — Senhor,/que nossos lares sejam profundamente eucarísticos, marianos e comunitários.

DIRIGENTE — Família, comunidade de oração. Família que reza é mais família, é mais comunidade. Muitos lares desmoronam, se desfazem porque a oração foi expulsa, porque Jesus foi marginalizado. Em muitas famílias cristãs e católicas, a televisão tornou-se mais importante que Jesus, uma novela dá mais ibope que Jesus Cristo. Quando isso acontece, adeus leitura da Bíblia, do Evangelho... Adeus recolhimento, meditação... Adeus espiritualidade... Adeus oração!

LEITOR 3 — Não existe comunidade sem diálogo. Diálogo supõe humildade, coração aberto e desarmado, simpatia recíproca, respeito mútuo, capacidade de aceitação do outro em suas limitações, com seus defeitos. Dialogar de verdade é uma das coisas mais difíceis em nosso cotidiano, em nosso relacionamento, em nosso conviver. Dialogar de verdade é uma arte que muita gente não aprende a vida inteira...

TODOS — Coração de Jesus,/que sejais o centro do nosso lar.

DIRIGENTE — Família é uma comunidade de oração, diálogo e perdão. Para sermos sempre mais irmãos, mais fraternos, mais comunidade, cantemos a "Oração de São Francisco".

TODOS — Senhor, fazei-me instrumento de vossa paz...

# 2
# Transplante milagroso

Meses atrás, atendi uma senhora de meia-idade, mãe de família, pobre, quase analfabeta, profundamente cristã e religiosa.

Chorando, dona Josefa contou-me seu drama familiar:

— Tenho quatro filhos menores. Lavo roupa para fora, buscando sobreviver e sustentar as crianças. Meu marido bebe, bate em mim todos os dias, não traz dinheiro nenhum para dentro de casa. Joga tudo fora, na cachaça e no jogo...

Rezei alguns minutos com dona Josefa. Dei-lhe a bênção, a absolvição, buscando confortá-la em seu áspero calvário.

Ao despedir-se, chorava novamente. Enxugando as lágrimas, ela rematou:

— Voltando para casa, agora, sei que vou encontrar pela frente o mesmo problema, o mesmíssimo problema do meu marido... Mas eu volto diferente, renovada por dentro. Rezei com o senhor e agora me sinto bem mais forte e corajosa para continuar a luta de cada dia! Obrigada, padre. Valeu a pena vir aqui. Jesus me deu um novo coração.

Nas palavras singelas de uma senhora humilde todo um tratado de teologia sobre a força, o valor e o largo alcance da oração.

Rezando, não resolvemos todos os nossos problemas e situações difíceis.

Mas a prece nos ajuda a enfrentá-los. A oração nos encoraja e robustece para os embates do cotidiano.

Sabemos todos que a sociedade é um reflexo do mundo familiar.

Família sadia, sociedade sadia. Família desarticulada, sociedade empobrecida, vulnerada.

Na lucidez de sua simplicidade, dona Josefa disse tudo com maestria, no laconismo de seu depoimento:

— Eu volto diferente para casa, depois de rezar. Renovada por dentro. Jesus me deu um novo coração.

Em qualquer momento ou situação existencial podemos orar, dialogando com Deus. Em pleno barulho podemos fazer silêncio, interiorizar-nos espiritualmente.

Em meio à mais ruidosa agitação, no campo ou na cidade, é possível mergulhar nas águas fundas da oração.

Bastam um pouco de boa vontade e séria motivação.

Nunca deixe partir no mesmo estado de espírito em que os encontrou aqueles que se aproximam de você. Que ao regressar eles se sintam melhores, mais alegres, mais realizados, mais felizes, de bem com a vida, sua família e sua comunidade.

# O REINO DE CRISTO

DIRIGENTE — Fala-se muito hoje em dia em libertação e Reino de Cristo. Reflitamos um pouco sobre essas realidades. E para que o Senhor, o Pai e o Espírito Santo nos iluminem rezemos com fé e devoção:

TODOS — Pai Nosso, que estais no céu...

DIRIGENTE — Cristo, na Palestina, falou: "Chegou a vós o Reino de Deus". O que é o Reino de Deus? Certamente não é um Reino construído com o poder da força, com o poder das armas, com o poder do dinheiro. Dinheiro e poder comandam o mundo de hoje. Quem tem dinheiro torna-se poderoso, forte. Quem tem poder consegue dinheiro, atrai amigos...

LEITOR 1 — O Reino de Deus é, antes de tudo, o amor de Deus invadindo nossos corações, libertando-nos do egoísmo, dos preconceitos, do orgulho, da vaidade, dos apegos terrenos. Somos todos tão apegados às coisas da terra, tão apegados aos nossos programas e interesses pessoais...

TODOS — Senhor,/queremos construir vosso Reino./Reino de Paz e Fraternidade.

LEITOR 2 — O Reino de Cristo é o amor de Deus abrindo o coração do homem ao seu próximo, porque somos todos irmãos, redimidos, a caminho da casa do Pai. É o amor de Deus mostrando-nos que não pode haver felicidade, alegria e realização verdadeiras sem essa abertura do nosso coração para o próximo, para aqueles que vivem ao nosso lado, para aqueles que peregrinam conosco, nas estradas do tempo, rumo à eternidade.

TODOS — Senhor,/queremos construir vosso Reino./Reino de Paz e Fraternidade.

DIRIGENTE — O mundo de hoje está tão longe da "civilização do amor" da qual falava o papa Paulo VI... Em sua visita ao Brasil, em 1981, João Paulo II lembrava-nos: "Um mundo sem Deus é uma civilização que se autodestrói por dentro. Uma civilização que termina em fracasso".

TODOS — Senhor,/queremos construir vosso Reino./Reino de Paz e Fraternidade.

LEITOR 1 — Para que o Reino de Deus se torne realidade entre os homens, é preciso que haja *conversão*. É necessário que o *homem velho*, de que fala a Escritura, seja substituído pelo *homem novo*.

LEITOR 2 — Jesus falou: "Dar-vos-ei um coração novo". Deus está disposto a dar-nos um coração novo. Conversão é um processo que dura a vida inteira.

DIRIGENTE — Conversão é mudança de mentalidade. Mudança na maneira de ver as coisas. Mudança de vida à luz do Evangelho. Que o Senhor nos leve à conversão pessoal, nos faça mais comunitários e construtores do seu Reino aqui na terra. Amém.

TODOS — CANTO FINAL

# 3
# O valor da leitura

Um bom livro é um manancial perene de alegria, de rejuvenescimento e paz interior. Oásis pacificante. Posto de abastecimento espiritual.

Num mundo agitado e violento, que nos entorpece e superficializa, o amor pela leitura é graça e privilégio. Quem tem experiência sabe. Às oito bem-aventuranças do Mestre ouso acrescentar mais uma:

— Felizes os que amam ler, refletir, meditar.

Nós acabamos sempre, mais cedo ou mais tarde, convertendo-nos no que pensamos, no que vemos, observamos e lemos. Há livros-veneno. Outros, construtivos, benfeitores, devolvem-nos o anseio de servir, de ajudar, de sorrir, de partilhar. Somos o que pensamos e lemos.

André Maurois dizia: "Rodeai-vos de amigos e de livros que vos façam amar a vida". E eu acrescento: "Que o Coração de Jesus e de Maria seja o grande livro da nossa existência".

São João Crisóstomo, admirável orador sacro, dizia que "a terra não rebrota sem a chuva, e a chuva não frutifica sozinha, sem a terra". Esplêndida comparação teológica, existencial.

Eu e você, meu irmão, somos a terra.

Terra a ser trabalhada, no esforço de quem acredita, no entusiasmo de quem não desiste, no espírito de fé de quem semeia com generosidade, pensando na recompensa das colheitas futuras.

Com Deus nós temos tudo. Sem Deus nada temos.

O valor de uma boa leitura, em nosso cotidiano... Que a Bíblia Sagrada seja o nosso livro de cabeceira, a grande fonte da nossa fé, do nosso idealismo, da nossa generosa e incansável solidariedade cristã.

Cresce pelo orbe insopitável nostalgia.

A nostalgia daquela paz que os Anjos anunciaram em Belém.

Aquela paz que Cristo nos deixou, antes de partir, retornando ao Pai.

Não haverá paz no mundo se não houver paz nas almas.

As guerras não passam de projeções dos conflitos travados dentro das pessoas.

Nada acontece fora que não tenha acontecido primeiro no íntimo, no recesso das almas.

# REZANDO COM JESUS

DIRIGENTE — Como cristãos, apóstolos e missionários, participamos da missão redentora de Cristo. Quanto mais unidos estivermos com Deus, maior será nossa eficácia apostólica. Jesus é a Videira. Para alcançar frutos de vida e santidade, precisamos enxertar-nos nele. Unidos a Cristo e confiantes nas bênçãos do Pai, rezemos:

TODOS — Pai Nosso, que estais no céu...

DIRIGENTE — Ser santo é alguma coisa muito simples: fazer a vontade do Pai, viver a vontade do Pai. De todos os seres humanos que passaram por esta terra, Jesus é o mais santo e o mais perfeito, porque soube identificar-se plenamente com a vontade do Pai. São palavras de Cristo, resumindo sua vida, sua missão redentora: "Eu desci dos céus não para fazer a minha vontade, mas para realizar a vontade dAquele que me enviou" (Jo 6,38).

TODOS — Pai,/seja feita a vossa vontade,/em todos os momentos da nossa vida.

LEITOR 1 — Fazer a vontade do Pai foi sempre a única e a grande preocupação de Jesus. Ele viveu numa íntima e perfeita união com o Pai cada instante da sua existência. Esta é a mais profunda e redentora das orações: viver identificado com a vontade do Pai, sempre.

TODOS — Senhor,/ensinai-nos a rezar./Ajudai-nos a rezar melhor.

DIRIGENTE — Sabemos muito bem que rezar não é apenas juntar as mãos, dobrar os joelhos, levantar os olhos ao céu ou pronunciar algumas palavras ou fórmulas. Rezar não é apenas pedir. Rezar não é somente agradecer. Rezar em profundidade é ligar-se a Deus numa convivência diária feita de amor, de alegria, de louvor e de ação de graças.

TODOS — Senhor,/ensinai-nos a rezar./Ajudai-nos a rezar melhor.

LEITOR 2 — Lutas, trabalhos, vitórias, derrotas, sorrisos e lágrimas fazem parte da nossa agenda de cada dia. Temos um grande segredo que os pagãos e ateus desconhecem. Através do nosso amor filial transformamos toda a nossa existência num cântico de louvor ao Pai, em união com aquele louvor perfeitíssimo que foi a vida do Redentor.

TODOS — Senhor,/ensinai-nos a rezar./Ajudai-nos a rezar melhor.

LEITOR 3 — Ofertar toda a nossa existência ao Pai é um gesto tão simples, tão redentor... E assim, enxertados em Cristo, a nossa vida torna-se uma oração permanente, voltada para a glória do Pai e a salvação do mundo.

LEITOR 1 — A oração é e será sempre a força maior do mundo. Foi rezando e ofertando sua vida que Jesus realizou a obra da redenção. Rezando nossa vida de cada dia participamos da missão redentora. É isso o que Deus espera de nós. Essa é nossa missão, dentro dos planos insondáveis do Pai.

DIRIGENTE — É sábio quem celebra a liturgia das suas 24 horas diárias, rezando o trabalho e o descanso, a saúde ou a doença, as alegrias e o sofrimento, as vitórias e os contratempos, todo o seu existir peregrino. Celebrando o dom da nossa vida, cantemos jubilosos, agradecidos:

TODOS — Deus enviou seu Filho amado para morrer...

# 4
# Trabalho e descanso

Acertar o ritmo é uma das mais difíceis tarefas na arte de viver e conviver.

Pressa e lentidão têm a sua hora, o seu momento.

Às vezes devemos agir, caminhar depressa, decidir com rapidez.

Em outras oportunidades a calma e a ponderação se fazem essenciais. A correria desenfreada é inimiga da perfeição.

Os grandes homens executam três ou quatro tarefas, sem maiores problemas, em curto prazo.

São rápidos, porque organizados. São eficientes porque protegem ou reconquistam o seu tempo. Rendem no serviço, porque se entregam inteiramente ao trabalho.

O tempo, a rigor, é como mala: bem arrumada, cabe mais.

A melhor parte das pessoas está sempre em *seu íntimo*, lá dentro, no interior, na raiz última do ser, onde as fontes da vida plena brotam, onde somos únicos, irrepetíveis, originais.

Lá onde Deus se comunica com mais clareza, amor e misericórdia.

— O tempo, Senhor, é infinito em vossas mãos. E a minha vida é curta e frágil demais para ser desperdiçada.

Que os meus ofertórios, na liturgia do cotidiano, tenham sempre alguma oferenda, braçadas de esperança e muito amor.

Como os ofertórios de Maria Santíssima, que guardava tudo no silêncio do seu coração profundo, dócil, maternal.

— Ensinai-me, Senhor, os momentos exatos do trabalho e do descanso. A hora de pescar e a hora de secar as redes.

A coragem para agir, atuar. E a conformidade para aceitar o que não posso mudar.

Que eu tenha a rapidez da ação quando as circunstâncias o pedem. E a paciência dos frutos que sabem esperar, na vigília da maturação.

Os heróis e os santos persistem quando outros desistem, saindo de campo.

Viver é amanhecer sorrindo, agradecendo. A perseverança tudo alcança.

# A PALAVRA DE DEUS

DIRIGENTE — Cristo passou pela Palestina fazendo milagres, praticando o bem, difundindo a mensagem do Pai. Cristo é a mensagem do Pai aos homens de boa vontade. Ele veio ao mundo para anunciar, em gestos, palavras e obras, que Deus nos ama infinitamente. Cantemos agora:

TODOS — Canto: "Vai falar no Evangelho"

1. Vai falar no Evangelho, Jesus Cristo, aleluia.
Sua palavra é alimento que dá vida, aleluia.
*Glória a Ti, Senhor. Toda graça e louvor.* (bis)
2. A mensagem da alegria ouviremos, aleluia.
De Deus as maravilhas cantaremos, aleluia.

DIRIGENTE — Deus falou ao homem, desde a sua criação. Deus continua a falar conosco nos dias atuais. Na Bíblia Sagrada, por excelência, encontramos a Palavra de Deus. A Bíblia é o livro da família de Deus.

LEITOR 1 — Se nós acreditamos na Palavra divina, devemos deixar que ela frutifique na nossa vida. E como povo escolhido sentiremos a Luz divina iluminando os nossos caminhos. Como povo escolhido, anunciaremos o Evangelho a todos os corações de boa vontade.

TODOS — Senhor,/sois nosso Caminho,/Verdade e Vida.

DIRIGENTE — São Paulo, na sua carta aos Hebreus, nos lembra que "a Palavra de Deus é viva, eficaz, mais penetrante do que uma espada de dois gumes". Para que a Palavra divina seja eficaz, ela deve cair em terreno bom. Não podemos contentar-nos em apenas escutar a leitura da Bíblia. Cabe-nos passá-la para dentro do nosso dia a dia. A Palavra de Deus deve ser vida dentro da nossa existência.

LEITOR 2 — A Palavra de Deus não se encontra somente na Bíblia. Deus nos fala através dos fatos, dos acontecimentos.

Quando encontramos pessoas que testemunham a sua fé, que constroem na esperança, que praticam a caridade, é o próprio Deus que nos transmite sua mensagem iluminadora.

TODOS — Senhor,/sois nosso Caminho,/Verdade e Vida.

LEITOR 3 — Quando nos surge uma boa ideia, um bom pensamento, não devemos calar, mas transmitir essa mensagem aos outros, deixando Deus falar através de nós.

DIRIGENTE — Elevemos nosso agradecimento ao Pai, porque somos uma comunidade, porque temos consciência de ser a família de Deus, porque o Espírito de Amor vive na sua Igreja, santificando-nos.

LEITOR 1 — Agradeçamos porque Cristo veio à terra para ensinar-nos a viver como irmãos:

TODOS — Obrigado, Senhor.

LEITOR 2 — Agradeçamos porque o Espírito Santo nos une na fé e na esperança, como Igreja, povo escolhido de Deus:

TODOS — Obrigado, Senhor.

DIRIGENTE — A oração é a força mais humilde e poderosa do mundo. É ajoelhados que atingimos a nossa plenitude e a nossa grandeza verdadeiras! Obrigado, Senhor, eternamente!

TODOS — CANTO FINAL

# 5
# Engenheiros de Cristo

Ser frágil e limitado é humano, natural. A misericórdia divina está aí, esperando que nela enxertemos a nossa fragilidade.

Carregar feridas e cicatrizes não é vergonhoso. O insensato é não medicá-las quando o melhor psicanalista e médico do mundo nos abre o seu coração.

Com medo de ir a fundo, os homens costumam usar remendos, paliativos. Com receio do bisturi, tentam a cura pelo comprimido, pela injeção ou por remédios caseiros. Sem coragem de enfrentar o problema de frente, ensaiam fugas, desconversam.

A fuga tem muitos nomes: televisão, futebol, tóxicos, álcool, delinquência, vida social intensa, amizades coloridas, motos envenenadas, turismo etc.

O ser humano é tremendamente criativo nos multiformes expedientes de preencher espaços vazios, lançando mão de subterfúgios, despistes e compensações interiores, psicológicos, espirituais.

Um edifício novo deve ser construído pela base, tijolo por tijolo, na perseverança da fé, na obstinação da esperança, no mutirão da boa vontade. Temos que iniciar os alicerces de um novo abrigo, de uma nova casa onde haja espaço para todos.

Atingimos um estágio da história em que os remendos, as fugas e os paliativos já não resolvem. As feridas são fundas demais. Em certos naufrágios, lembrava Machado de Assis, não adianta calafetar o casco avariado. O jeito é trocar de navio...

Já não se trata de pintar ou repintar algumas paredes, deslocar meia dúzia de móveis, trocar o telhado prestes a desabar sobre as nossas cabeças. O problema são os fundamentos que andam minados, falseados.

Uma sociedade mais solidária, mais justa e cristã é possível. Mas exige e reclama a generosa colaboração de cada um de nós. Hoje mesmo, e não amanhã, depois de amanhã ou no ano que vem...

Trabalhar e construir de mãos dadas é um gesto coletivo de intercomunicação fraternal, que realiza maravilhas na terra dos homens, com assinatura do arquiteto divino, que sorri, agradece e nos abençoa, dos longes da eternidade.

# O GRÃO DE MOSTARDA

DIRIGENTE — Dizem que os santos viviam em profundidade uma frase, um pensamento, um lema. Escolher um lema para ser vivido é sinal de sabedoria, é um gesto inteligente, que o próprio Deus abençoa.

LEITOR 1 — Você pode ajudar a melhorar o mundo. Eu posso ajudar a melhorar o mundo. Todos somos chamados a viver essa sagrada missão.

DIRIGENTE — A existência humana perde o sentido e o sabor quando nos faltam objetivos, metas, um ideal concreto. Vivamos esse ideal e nossa vida ganhará um significado cristão: “Eu posso ajudar a melhorar o mundo”.

DIRIGENTE — Muita gente sonha com grandes e estrondosas realizações, esquecendo o valor do que é simples, cotidiano, rotineiro. Onde, como e quando posso ajudar a melhorar o mundo?

LEITOR 2 — Ao longo do meu dia a dia. No trabalho, na paróquia, no meu relacionamento com os outros, dentro ou fora de casa.

DIRIGENTE — Santo Inácio de Loyola disse uma grande verdade: “Ninguém sabe o que Deus faria de nós se não opuséssemos tantos obstáculos à sua graça dentro de nossa vida”. Somos egoístas, tantas vezes. Somos omissos e tão facilmente nos acomodamos no mais fácil, com medo de sermos apóstolos generosos, perseverantes, integrais.

TODOS — Eu posso ajudar a melhorar o mundo.

DIRIGENTE — Em cada linha ou página do Evangelho encontramos recados preciosos de Jesus. Ouçamos Cristo quando fala do grão de mostarda.

LEITOR 1 — “O Reino de Deus é como um grão de mostarda, a menor semente da terra. Mas, quando semeado, ele cresce e lança grandes ramos, a tal ponto que as aves do céu se abrigam à sua sombra". Palavra do Senhor.

DIRIGENTE — Façamos uns instantes de reflexão, tirando alguma mensagem pessoal dessa parábola de Cristo. (*Silêncio. Reflexão individual ou em grupo, seguida de um canto, à escolha do grupo.*)

DIRIGENTE — Cristo nasceu criança. Cresceu, desenvolveu-se, iniciou a sua vida pública, falou às multidões, realizou milagres e morreu na cruz, por cada um de nós. E hoje a sua Igreja é uma grande "árvore" bracejando luz, fé, esperança, misericórdia e amor por sobre o mundo inteiro.

LEITOR 2 — Crescemos na fé, como o grão de mostarda. Oxalá nossa fé se torne sempre mais adulta, concretizada em obras.

DIRIGENTE — O grão de mostarda cresce e se torna uma árvore. Sejamos uma árvore profundamente cristã, deitando a sombra do amor, da alegria, da paz e da fraternidade, acolhendo de coração aberto todos os nossos irmãos. Você e eu, todos nós somos convocados, pelo próprio Cristo, a colaborar generosamente na construção de um mundo mais justo, solidário e fraternal.

TODOS — CANTO FINAL

# 6
# Deus é Amor

O mundo procura paz, harmonia, serenidade... Deus é a paz.

Corações vazios e carentes gritam por compreensão, ternura e acolhimento. Deus é Amor.

Na vida, que é busca e descoberta, Deus fala e se manifesta de mil maneiras.

Eu o percebo e sinto na brisa e no vento, no raio que estala, no mar agitado, irrequieto, no silêncio da noite, na carta que recebo, na lágrima que enxugo e na prece que eu rezo.

Percebo Deus no contratempo que surge, na criança que me enternece, no jovem que passa cantando, no adulto que luta e trabalha, nas decepções e alegrias que a vida me traz.

O Deus da minha vida é jovem e novo, a cada amanhecer.

O Deus da minha vida tem rosto.

Um rosto de Pai.

O Deus da minha vida tem coração. O Coração de Jesus.

Na vida que é busca e descoberta, este é o mais sábio dos gestos: abrir espaço generoso para Deus, para os nossos irmãos.

O Pai faz maravilhas quando deixamos, quando enxertamos a nossa fragilidade e a nossa limitação em sua força onipotente.

Deus faz maravilhas quando nos despojamos humildemente.

Só os corações humildes, generosos e simples vivem intensamente.

Ser honesto, transparente e verdadeiro é aproximar-se de Deus, é mergulhar fundo nas águas redentoras do Evangelho.

"Amar não é dizer: Deus está no meu coração. Amar é repetir incessantemente: eu estou no coração de Deus."

E rezo confiante, buscando vivenciar o mandamento da fraternidade:

— Senhor, livrai-me do número daqueles que pregam o amor ao próximo e acabam pregando o próximo no lenho de alguma cruz.

Perdidos nos labirintos da angústia, da desesperança e dos mistérios, milhões de criaturas suplicam por claridade. Deus é a grande e poderosa luz que ilumina os meus caminhos de cada dia.

# QUARESMA E PÁSCOA

DIRIGENTE — Quaresma... tempo privilegiado, durante o qual recebemos muitas graças de Deus. Tempo privilegiado, que nos conduz sempre àqueles dias liturgicamente tão ricos, tão profundos e tão comoventes: a Semana Santa. Na Semana Santa, a instituição da Eucaristia, no Cenáculo. Depois, o grande sofrimento de Cristo, no Jardim das Oliveiras, sua prisão, seu julgamento, sua paixão e sua morte. Louvando e agradecendo, rezemos:

TODOS — Pai Nosso, que estais no céu...

DIRIGENTE — O cristianismo seria um pouco triste, melancólico e pesado se a nossa fé se alimentasse apenas no mistério da Paixão e da Morte de Cristo Jesus. Mas Cristo ressurgiu, a manhã da Páscoa aconteceu, iluminando o drama da Paixão, coroando gloriosamente a morte do Redentor.

TODOS — Obrigado, Senhor,/pela Páscoa da Ressurreição.

LEITOR 1 — São Paulo escreveu: "Sem a verdade da Ressurreição, todo o cristianismo desmorona e perde substância". A nossa fé e a nossa vida de oração, toda a nossa jornada terrestre se alicerçam sobre o dogma da Ressurreição. Cristo ressurgiu dos mortos, venceu o pecado e a morte, antecipando a nossa Ressurreição.

DIRIGENTE — Na alegria de sermos peregrinos da Esperança, a caminho da ressurreição, com Cristo, cantemos aquela significativa canção:

TODOS — Vitória, tu reinarás, ó Cruz, tu nos salvarás...

LEITOR 2 — O mundo melhor, mais humano e mais cristão não cai do céu, por acaso: reclama esforço, sacrifício, luta e boa vontade. A Ressurreição de Cristo passou pela agonia do Getsêmani, da Paixão e da Morte. É preciso que o grão de trigo morra primeiro, para depois frutificar. Ninguém vence na vida sem antes batalhar. Ninguém chega à glória final da Ressurreição sem passar pelo Calvário, sem associar-se intimamente à morte e à Ressurreição do Senhor.

LEITOR 2 — Páscoa é a grande festa da cristandade. Páscoa é júbilo, vitória, libertação.

LEITOR 1 — Todos buscamos felicidade, realização. Foi o próprio Deus que colocou esse anseio na nossa alma imortal. Pelo serviço fraterno, pela dedicação ao próximo e na vivência da solidariedade, a criatura humana se sente feliz, realizada.

TODOS — Senhor,/queremos ser apóstolos/do vosso Evangelho de salvação.

DIRIGENTE — Somos felizes e bem-aventurados, porque Cristo ressuscitou e sabemos que Ele nos ama, desde toda a eternidade. Estamos dentro de um Plano. Plano de Misericórdia e Redenção. Que o Cristo ressurgido nos faça alegres na esperança, fortes na fé, generosos na caridade. Assim, o mistério pascal não cairá no vazio e poderemos passar pela vida entoando salmos de gratidão. Há um Pai que nos ama e protege. E Cristo, a nossa Páscoa, ressuscitou.

TODOS — CANTO FINAL

# 7
# Entusiasmo e motivação

Entusiasmo, coragem e motivação: três virtudes fundamentais que fazem a grande diferença na nossa existência.

Cabe-nos agir e frutificar lá onde estamos plantados. Cada qual fazendo um pouco, tudo melhora. Espontaneamente.

A mais profunda realização humana brota da partilha fraterna, da alegria de servir.

Não diga aos outros o que você é capaz de realizar. Demonstre-o em gestos concretos.

Deus criou o mundo e convida-nos a completá-lo, dia após dia.

Desistir e capitular tem gosto amargo, frustrante. Arregaçar as mangas e suar a camisa leva ao país da felicidade.

Morremos no exato momento em deixamos de aprender, de dar-nos as mãos, permutando vida, tempo, solidariedade.

Pensamento positivo e ação decidida realizam verdadeiros milagres de conversão.

Santidade é um ideal, uma abertura para o infinito: esforço, conquista e trabalho.

Qualquer ascensão reclama coragem, labuta, perseverança, despojamento, sacrifício. Em outras palavras: trabalho e ação.

Nos largos oceanos, somos uma pequena gota. No vasto universo, um minúsculo ser. Mas na vastidão do amor de Deus ocupamos o centro. E Ele quer precisar de nós na obra inacabada da redenção.

É belo juntar as mãos em prece. Mais lindo ainda é abri-las na caridade, no trabalho, em gestos de amor e solidariedade.

Tempo é uma questão de preferência...

Se você não encontra tempo para Deus, para a oração, examine bem a sua consciência; talvez lhe faltem entusiasmo, motivação.

Cristão de verdade planta a flor do sorriso, da bondade, com amor e alegria, nos caminhos do dia a dia.

## A RIQUEZA DA FÉ

DIRIGENTE — A Igreja é uma comunidade de fé. Um povo que crê em Jesus Cristo e busca viver o seu Evangelho de amor e salvação. Agradecendo o dom da nossa fé, façamos o nosso oferecimento:

TODOS — Ofereço-vos, ó meu Deus, em união...

DIRIGENTE — É importante fazermos uma reflexão sobre a nossa fé. O que é a fé cristã? Para muita gente a fé é um conjunto de conhecimentos, de verdades nas quais se deve acreditar: vida eterna, Maria Santíssima, a existência de Deus... um Deus supremo, criador do Universo, mas tão longe da vida do dia a dia que nada tem a ver com as nossas tarefas terrenas.

LEITOR 1 — Para outros, a fé é um fardo pesado que impõe obrigações: mandamentos, oração, sacrifícios, missa dominical, um freio para a liberdade de pensar e de viver.

LEITOR 2 — Muitos pensam que a fé é o último recurso, que a gente guarda nalgum canto da consciência, quando todos os recursos humanos falharam. A última saída para situações difíceis e desesperadas. Um refúgio para o nosso medo.

TODOS — Eu creio, Senhor,/mas aumentai a minha fé.

DIRIGENTE — A verdadeira fé é um compromisso com Alguém. A verdadeira fé é uma adesão vital a Jesus Cristo, Filho de Deus, nosso Redentor. Um ato de fé é muito mais um gesto de *amor* do que um raciocínio do nosso cérebro, da nossa mente. Um ato de fé profundo tem raízes no coração. O grande filósofo Pascal dizia: "É o coração e não a razão que sente Deus".

LEITOR 1 — No mundo de hoje, milhares de pessoas não têm fé, vivem longe de Deus, de Cristo, dos sacramentos. Outros não querem ter fé: Deus atrapalha, é um desmancha-prazeres. Muita gente diz que acredita, que tem fé, que segue Jesus Cristo... mas a sua fé é infantil, imatura.

LEITOR 2 — Fé adulta se comprova em obras, em gestos concretos. Este é o grande e decisivo sinal da nossa fé: a vivência da caridade. Quem reza mas é descaridoso está mentindo. Quem reza e não procura viver a justiça, o respeito aos outros, o perdão, a fraternidade... está longe daquela fé que Jesus deseja nos nossos corações.

DIRIGENTE — Um dos maiores sofrimentos do ser humano é não ver sentido na vida. A fé realiza esse milagre: confere sentido e sabor profundo à nossa existência. Ajuda-nos a carregar a cruz de cada dia, fazendo-nos mais compreensivos e solidários com nossos irmãos. Infunde humildade e nos dá olhos para ver o essencial. A fé é um encontro no *amor*.

TODOS — Eu creio, Senhor,/mas aumentai a minha fé.

DIRIGENTE — Antes de finalizar a nossa reunião, façamos uma reflexão sobre estas duas perguntas:

— *Como vai a vivência da caridade na minha família, na minha paróquia e no meu trabalho?*

— *Tenho consciência de que o apostolado é um gesto concreto de fé?*

TODOS — CANTO FINAL

# 8
# É assim que imagino Maria

Sem Maria a Redenção não teria acontecido como aconteceu. O "Sim" de Maria foi decisivo nos planos do Pai.

O "Sim" de Maria deu novos rumos à história da humanidade. É uma lástima que os evangelistas tenham falado tão pouco sobre Nossa Senhora.

Baseado nos poucos informes que eles nos deixaram sobre a personalidade de Maria, imagino-a com as seguintes características pessoais e comunitárias:

1. Mulher silenciosa e orante. Alguém que meditava tudo no silêncio do seu coração materno.

2. Humilde, profundamente humilde, embora tão agraciada espiritualmente, predileta do Altíssimo, mãe de Deus, corredentora da humanidade.

3. Mulher solícita, prestimosa, serviçal. Mais voltada para os outros do que para si mesma. A caridade cristã personificada.

4. Forte na dor, inquebrantável no sofrimento. Marcando presença junto ao seu filho, ao lado dos apóstolos, nas horas de alegria, nos momentos da Cruz.

5. A vontade do Pai centrada dentro da sua vida, antes da Anunciação, após a Anunciação e ao longo de todo o seu peregrinar terrestre.

6. Um coração eternamente agradecido, cantando hinos de gratidão constante: "O Senhor fez em mim maravilhas, santo é o seu nome".

7. Coerência total em sua conduta de mãe, esposa, educadora, apóstola e filha de Deus. Cristã-modelo. Mãe exemplar, bendita entre todas as mulheres sobre a face da terra.

8. Mulher perseverante, imolada, desprendida, fiel até as últimas consequências ao "sim" pronunciado, assumido, vivenciado.

9. Discreta, mas irradiando alegria pascal. Contagiante na sua ternura. Onipresente nos gestos de servir, perdoar, acolher, orientar. Humana, profundamente humana, e tão divina em tudo.

10. Alguém que rezava suas 24 horas diárias, no altar da generosidade, no ofertório da doação, no templo sagrado do Amor. Juntamente com o seu filho, a síntese mais perfeita de fé, de esperança, fraternidade e misericórdia.

Estas são algumas das características que devem ter ornado, necessariamente, a personalidade forte e suave, humana e espiritual de Maria Santíssima, Mãe da Igreja, nossa Mãe. Amém, Aleluia.

## MARIA, MODELO DE VIDA

DIRIGENTE — Como profundos e sinceros devotos de Nossa Senhora, iniciemos este encontro de reflexão rezando:

TODOS — Ave, Maria, cheia de graça...

DIRIGENTE — Em todo o mundo existem santuários, igrejas, capelas, ermidas e templos dedicados a Nossa Senhora. Lugares de fé e de oração, onde Maria Santíssima é invocada no seu papel de mãe de Deus e mãe dos homens. Nossa mãe.

LEITOR 1 — Milhares de cristãos buscam os mais diversos santuários marianos todos os dias em diversas partes do mundo. Aproximadamente 5 milhões de peregrinos visitam Lourdes, na França, anualmente. Mais de 7 milhões de pessoas rezam no Santuário da Aparecida, aqui no Brasil, a cada ano.

DIRIGENTE — A devoção a Maria Santíssima é universal, confirmando a profecia da própria mãe de Deus: "Todas as gerações me chamarão de bem-aventurada". E a Igreja nos relembra uma verdade fundamental: o mais importante não são as romarias aos santuários, mas sim que Nossa Senhora tenha um lugar especial, cálido e profundo dentro dos nossos corações, dentro da nossa vida. Demonstrações externas podem ser superficiais, passageiras. O fundamental é o amor filial no recesso das almas, no íntimo das pessoas.

LEITOR 2 — Sim, mais importante que o culto externo é a nossa devoção interna. Mais importante que a homenagem pública, que os olhos veem, é o nosso carinho interior, o espaço espiritual que nós reservamos à mãe de Deus, no silêncio do coração.

DIRIGENTE — Saudando Maria Santíssima, nossa advogada e intercessora junto ao Pai, cantemos com alegria e gratidão:

TODOS — Pelas estradas da vida,/nunca sozinho estás, contigo pelo caminho,/santa Maria vai.

*Ó vem conosco, vem caminhar, Santa Maria, vem.* (bis)

Mesmo que digam os homens,/tu nada podes mudar, luta por um mundo novo,/de unidade e paz.

DIRIGENTE — Deus quer a nossa santificação. Maria Santíssima, a mais santa das mulheres, é um modelo de santidade, o mais perfeito compêndio de virtudes cristãs.

LEITOR 1 — Ela foi um modelo de oração, de silêncio, de humildade.

TODOS — Maria Santíssima,/mãe de Deus e nossa mãe,/ ensina-nos a rezar mais e melhor.

LEITOR 1 — Toda a grandeza de Maria consiste em ter ela realizado integralmente o plano de Deus, o projeto-vida que o Pai lhe destinara. Sua vida foi sempre uma orientação segura e total para Cristo. Assim deve ser também a devoção marial de todo cristão: *um caminho para Cristo*. A devoção a Maria só tem sentido se nos leva ao seu Filho, Jesus.

DIRIGENTE — A devoção a Maria deve ultrapassar o estéril e passageiro sentimentalismo. O culto a Maria, enraizado na fé, nos faz reconhecer a sua maternidade divina, levando-nos a um verdadeiro amor filial pela imitação das suas virtudes. Maria deve ser para nós um caminho para Cristo, um modelo de vida.

TODOS — CANTO FINAL

# 9
# Rezar nosso trabalho

Se não existisse o trabalho os homens deveriam inventá-lo.

Vida sem trabalho é como um quadro sem moldura.

As nossas tarefas valem pela intenção, pelo carinho, pela alma que nelas colocamos.

Se você quiser estragar o seu dia, a sua vida, odeie o seu trabalho, os seus deveres, a sua família, a sociedade, o mundo no qual você se acha inserido.

Conheço uma jovem estudante que ao sair de casa, pela manhã, após o desjejum, se despede dos pais:

— Até já, gente. Vou ao colégio rezar as minhas aulas.

Magnífico depoimento, revelando a beleza interior da garota.

Quem reza o seu trabalho ajuda o próprio Deus a reconstruir o mundo, a redimir a humanidade tão necessitada de esperança, de claraboias abertas ao Infinito.

Deus ajuda a quem madruga, avisa a sabedoria popular. E Santo Inácio de Loyola recomendava com lucidez: "Confie em Deus como se tudo dependesse dele. Trabalhe e persevere como se tudo dependesse de você".

Temos talentos, energia, cérebro, inteligência, criatividade e dois braços, exatamente para assumir, fazer a nossa parte, cumprir o nosso dever.

"Traga a vida modulada nas notas de uma canção, pois o canto é uma rajada de ar puro no coração."

Amanheça a cada dia com a luz da esperança brilhando nos olhos e muita bondade no coração, rezando assim: "Senhor, afastai de mim as preocupações desnecessárias, a impaciência, o ódio, a crítica maldosa, o desamor. Abençoai os meus familiares, parentes, colegas e amigos, todos aqueles que encontrarei ao longo do dia de hoje, ao longo de toda a minha existência".

## A FORÇA DA ORAÇÃO

DIRIGENTE — Sob as bênçãos de Jesus e de Maria, estamos reunidos nesta comunidade de fé, de oração. Temos tanto para pedir e tanto, tanto para agradecer! Na alegria da nossa fraternidade, rezemos todos juntos:

TODOS — Pai Nosso, que estais no céu...

DIRIGENTE — Esta foi a vocação de Cristo: revelar-nos o Amor do Pai. Lembrar-nos constantemente que o Pai nos ama, que ele deseja a nossa felicidade, a nossa realização.

LEITOR 1 — Toda a nossa vida se modificaria se vivêssemos profundamente a verdade consoladora de que o Pai nos ama com amor eterno, infinito. Esta é a nossa vocação: cultivar o amor, vivenciar e difundir o Reino, criar comunidades de fé, marchar juntos, fraternalmente. Inseridos na vontade do Pai.

TODOS — Queremos viver a vossa vontade,/Pai.

LEITOR 2 — Jamais conseguiremos viver a vontade do Pai se não formos íntimos de Deus, conversando assiduamente com Ele, no silêncio da meditação, no diálogo da prece. Apóstolo sem Deus não existe, não frutifica, só faz barulho. O lembrete de Jesus é muito claro: "Sem mim nada podeis fazer".

LEITOR 3 — Para respirar a plenos pulmões a Vida, o Amor, o cristão deve dirigir-se à fonte. Fonte que tem outro nome também: a vontade do Pai. Deus faz maravilhas, quando nós lhe damos tempo e espaço no nosso cotidiano. Deus faz maravilhas quando enxertamos a nossa fragilidade em sua força onipotente.

TODOS — Queremos viver a vossa vontade,/Pai.

DIRIGENTE — A eficácia do nosso trabalho apostólico é fruto da humildade, do despojamento interno, da vida sacramental, da oração. Jesus faz maravilhas quando nos jogamos de corpo e alma em seu Coração cheio de bondade, misericórdia e amor. O mundo ainda não descobriu o tesouro inexaurível do Coração de Jesus e do Coração de Maria.

TODOS — Jesus, manso e humilde de coração, faz o nosso coração semelhante ao teu.

DIRIGENTE — Para crescer espiritualmente, precisamos alimentar a nossa fé e a nossa esperança no oceano infinito do amor divino, fonte de vida, redenção e santidade.

TODOS — Dai-nos, Senhor,/um coração novo.

LEITOR 1 — É preciso rezar para que certos milagres aconteçam. É preciso cair de joelhos para soerguer a humanidade aflita, ferida, desnorteada. É preciso juntar as mãos em prece para reunificar irmãos separados, famílias desunidas, comunidades onde as pessoas já não se olham, já não se cumprimentam e não se falam. Por que nos odiar se temos tão pouco tempo para construir, viver o Reino e nos amar?

DIRIGENTE — Dai-nos, Senhor, um coração novo. Leve. Liberto. Jovial. Desarmado. Um coração banhado de sol, sedento de eternidade. Um coração generoso, apostólico, cheio de bondade, misericórdia e amor. Isso te pedimos, na unidade do Pai e do Espírito Santo, Amém.

# 10
# Nos caminhos da vida

Um dia perguntaram a um jornalista qual o segredo de escrever bem. A recomendação, fruto de longa experiência, veio imediatamente: "Trabalhar muito. Ler muitíssimo. Escrever mais ainda. Despojar-se de todo requinte e todo artifício vão. Saber ser sutil. Amar a beleza. Ser simples. Viver a fundo. E, antes de tudo, ser verdadeiro. O que significa: ser honesto, puro, bom".

É isso aí... Troque o verbo *escrever* pelo verbo *viver* e você terá um precioso roteiro de vida.

Viver é uma arte, uma escola. Arte em que a maturidade é o melhor professor.

Viver é um processo. Processo longo e difícil, que reclama paciência, esforço, disciplina, perseverança.

Viver é recomeçar a cada dia. Viver é aprender.

Mistérios nos cercam, nos envolvem. Eu sou um mistério. Você é um mistério. Mistério são a vida, a morte.

Por isso mesmo, passamos dias e noites perguntando, questionando, interrogando a nós mesmos.

Interrogando outros. A vida é uma busca e uma descoberta.

Quantas vezes procuramos longe o que se encontra perto, próximo de nós. Deus, por exemplo.

Pensamos que Ele vive distante, no além-horizonte, nos longes do infinito.

Deus convive conosco, passa ao nosso lado, a cada dia, a cada instante.

Basta ter olhos e coração para descobri-lo no rosto dos nossos irmãos. No sofrimento do nosso povo humilde e marginalizado, acima de tudo.

Sabemos que o trabalho fornece
o sustento, o pão de cada dia,
mas quem lhe dá o sabor? A prece,
a motivação, a paz, a alegria.

# SOMOS IGREJA

DIRIGENTE — Foi lá na Palestina, dois mil anos atrás, que Jesus lançou os fundamentos da Igreja. Um pequeno grupo, inicialmente. Depois, a árvore cresceu, expandiu os seus ramos e hoje é realidade no universo inteiro. Agradecendo a graça de pertencermos à Igreja de Jesus e pedindo as luzes do Espírito Santo, cantemos:

TODOS — A nós descei, divina luz...

DIRIGENTE — Somos Igreja, discípulos de Cristo, missionários que se colocam a serviço dos seus irmãos, a serviço dos mais necessitados.

LEITOR 1 — Fé, esperança, caridade... O tripé da vida cristã, do Evangelho, do Reino, da mensagem de Cristo aos homens de todos os tempos. Precisamos acreditar em alguma coisa para não desesperar. Precisamos acreditar em alguém para encontrar sentido no trabalho, no sofrimento, na existência. Felizes e iluminados aqueles que colocam a sua fé, a sua confiança em Cristo Jesus, Caminho, Verdade e Vida.

LEITOR 2 — Viver é esperar. Luz em meio às trevas, força em meio aos problemas e lutas, a esperança nos alimenta e frutifica na caminhada.

TODOS — Aumentai, Senhor,/a nossa fé,/a nossa esperança.

DIRIGENTE — Precisamos todos de muita esperança. Hoje mais do que nunca. Morremos quando ela nos falta. E ressuscitamos a cada dia quando somos capazes de levantar os nossos olhos e, apesar de tudo, balbuciar um ato de fé, no ofertório da esperança.

LEITOR 3 — Jesus continua vivo e presente na nossa história pessoal e na história humana. É ele que nos diz: “Eis que estou convosco todos os dias, até a consumação dos séculos” (Mt 28,20).

TODOS — Aumentai, Senhor,/a nossa fé,/a nossa esperança.

LEITOR 1 — Pertencemos à Igreja. Somos membros da Igreja. Cristo é a cabeça e nós somos os membros do Corpo Místico, da grande família cristã, presente no mundo inteiro. Igreja, comunidade de fé, de amor, de esperança.

LEITOR 2 — Nosso milênio é marcado por muitas e clamorosas injustiças, pela violência onipresente, pelo desamor. Ninguém de nós pode omitir-se na construção de uma sociedade mais fraterna, mais justa, onde todos tenham espaço e um digno lugar ao sol.

LEITOR 3 — Ser apóstolo e missionário da esperança é sentir com a Igreja, ir ao encontro dos mais necessitados, levando arrimo e conforto, luz e otimismo a um mundo tão necessitado de redenção.

DIRIGENTE — Ao finalizar a nossa Hora Santa, façamo-nos duas perguntas:

— *Tenho sensibilidade aos que sofrem à minha volta?*

— *Traduzo a minha fé, a minha esperança e a minha caridade em gestos concretos em casa, na paróquia e na minha comunidade?*

(*Reflexão sobre as duas perguntas.*)

TODOS — CANTO FINAL

# 11
# Paz e harmonia

Quanto valem um lar, uma família? Eles valem a paz, a harmonia, o diálogo, a compreensão, o convívio sadio, a boa vontade e o amor que florescem dentro deles.

Quanto valem uma sociedade, uma paróquia, uma diocese, uma nação, um povo, o mundo?

Valem o diálogo, a compreensão, o convívio sadio e o amor que lá existem, irradiando paz e felicidade, alimentando a alegria de viver.

Quanto vale um coração humano?

Um coração é tanto mais rico e simpático, mais contagiante e profundo, mais equilibrado, feliz e realizado quanto mais sensível e aberto ao infinito.

A verdadeira fé cristã não se restringe a leis e dogmas que devem ser obedecidos, respeitados e abraçados.

Vivenciar o Evangelho não sinaliza acreditar em coisas, mas em alguém, numa pessoa: Jesus Cristo, o redentor. Caminho, Verdade e Vida dentro do nosso existir peregrino.

Cristianismo de verdade é serviço ao irmão, especialmente aos mais carentes e necessitados.

Não procure longe a felicidade que você pode encontrar em casa, dentro do seu lar.

Deus nos dá as tintas, mas somos nós que pintamos a tela, o quadro existencial, o nosso ambiente familiar.

Um coração sereno e pacificado pacifica à sua volta. Corações conflituados armam turbulências, tempestades, horizontes sombrios.

Existem mãos que se unem para o trabalho. E outras que se juntam para agradecer e rezar. Em família, junto ao altar.

Sorria, apesar dos problemas e tribulações, dos percalços e desafios.

Simplifique a sua vida e siga em frente, de alma leve, contente e jovial, sem nunca desanimar.

## CRISTO, LUZ DO MUNDO

DIRIGENTE — Mais uma vez nos aproximamos da luz de Cristo, pedindo que Ele ilumine a nossa vida, os nossos atos e pensamentos. A palavra do Mestre é muito clara: “Eu sou a

Luz do mundo. Quem não me ama caminha nas trevas". Agradecendo a graça da nossa fé, iniciemos cantando a Oração de São Francisco:

TODOS — Senhor, fazei-me instrumento da vossa paz...

DIRIGENTE — Cristo não veio para julgar o mundo, mas para que o mundo fosse salvo por Ele. Através das nossas orações e do nosso apostolado queremos salvar, redimir. Nós nos aproximamos da luz de Cristo para nos purificar e nos converter, transformando-nos em sinal vivo do Evangelho, presença cristã na nossa família, na sociedade.

TODOS — Jesus, manso e humilde de coração,/fazei o nosso coração semelhante ao vosso.

LEITOR 1 — Queremos corresponder, Senhor, ao apelo do vosso amor infinito, esse amor que salva, esse amor que purifica, esse amor que transforma e dignifica a pessoa humana.

DIRIGENTE — Todo aquele que acredita, todo aquele que crê em Deus terá a vida eterna. A vida eterna é o endereço final da nossa caminhada. A Ressurreição é o objetivo maior dos nossos sacrifícios, da caridade que buscamos viver, do apostolado que buscamos realizar entre os nossos irmãos.

TODOS — Jesus, manso e humilde de coração,/fazei o nosso coração semelhante ao vosso.

LEITOR 2 — Deus amou de tal maneira o mundo que deu o seu Filho único para que todo aquele que nele crer não pereça, mas tenha a vida eterna. Deus nos amou desde toda a eternidade. Deus continua a amar a grande família humana e cada um de nós.

TODOS — Jesus, manso e humilde de coração,/fazei o nosso coração semelhante ao vosso.

LEITOR 3 — Cristo falou aos seus discípulos: "Não fostes vós que me escolhestes. Fui eu que vos escolhi e vos destinei a produzir frutos. E eu quero que esses frutos permaneçam". Todos nós somos prediletos de Deus. Foi ele que nos escolheu.

DIRIGENTE — Por amor a cada um de nós, Cristo nasceu em Belém e morreu na cruz. Ele nos amou antes que existíssemos. Deu-nos uma alma imortal, feita à sua imagem e semelhança. Ele nos amou no batismo e nos ama na Igreja. Ele nos ama na Eucaristia: o mistério de um Deus que se faz pequeno para caber numa hóstia. Para ser nosso alimento e nossa força nos caminhos de cada dia.

LEITOR 2 — Há pessoas que exprimem e revelam a presença de Deus através do seu otimismo, do seu entusiasmo, da sua fé, da sua caridade. São pessoas luminosas.

LEITOR 3 — Queremos ser comunitários, Senhor, pela vivência do vosso Evangelho, pela intensidade da nossa fé concretizada em obras, pelo testemunho da nossa esperança, pela sinceridade do nosso amor cristão.

DIRIGENTE — O Senhor faz em nós maravilhas, diariamente. Santo é o seu nome. Agradeçamos, de todo o coração, cantando agora:

TODOS — "Deixa a luz do céu entrar".

# 12
# A dimensão espiritual

Esta é uma das características marcantes do nosso século: a perda gradativa da percepção espiritual, dos valores religiosos.

A luta pela vida, a televisão, os problemas e tarefas vão preenchendo os espaços, o tempo dos cidadãos, já sem capacidade para ver, ouvir e compreender qualquer coisa que não seja *basicamente material*.

Claro que ainda existem legiões de seres humanos que nutrem interesse real pela vida do espírito, pelas mensagens do Evangelho.

Os valores espirituais não desertaram do seu horizonte, da sua vida. Graças a Deus.

Num mundo materialista e massificado, que nos rouba a identidade humana e cristã, felizes são todos aqueles que sabem olhar para o alto, fixando as estrelas do céu.

Se no caminho de cada dia você encontrar alguém cansado demais para prosseguir ou demasiadamente fraco para sorrir, estenda a mão a esse pobre carente e necessitado.

Que a Bíblia — palavra de Deus — não seja apenas um enfeite na sala da nossa casa. Mas seja luminosa presença dentro da nossa existência, do nosso lar.

O grande segredo da felicidade, disse alguém, é saber *adivinhar*. Adivinhar as alegrias e os sofrimentos, as vitórias e as derrotas, as carências e as necessidades dos nossos irmãos de caminhada.

Não apenas tente ser. Seja.

Participe. Construa. Empolgue-se, dividindo tarefas, enxugando lágrimas, plantando flores ao longo do caminho.

O coração é seu, pode chorar. O rosto é dos outros, deve sorrir, cantar e agradecer.

Sempre que você arranca um espinho de tristeza encravado na vida do seu irmão... você planta a flor da felicidade no seu próprio coração.

## BONDADE E DOAÇÃO

DIRIGENTE — A virtude da bondade deveria caracterizar profundamente qualquer cristão. Já cantamos, tantas vezes, aquela linda canção de São Francisco: "Senhor, fazei de mim um instrumento da vossa paz. Onde houver ódio, que eu leve o amor. Onde houver tristeza, que eu leve a alegria. Onde houver dúvida, que eu leve a fé". Iniciemos, rezando a oração que Jesus nos ensinou:

TODOS — Pai Nosso, que estais no céu...

DIRIGENTE — A bondade e a doação do Mestre nos comovem sempre que meditamos o Evangelho. Toda a vida de Jesus cabe nesta frase: "Ele passou pelo mundo fazendo o bem". Como está o meu coração? Cheio de bondade, como o coração de Jesus, ou cheio de ódio, inveja e inimizade?

LEITOR 1 — Jesus realizou inúmeros milagres ao longo da sua vida pública, curando enfermos, socorrendo os necessitados. Um dia, deixando as fronteiras de Tiro, Jesus dirigiu-se ao mar da Galileia, território da Decápole. Ali, apresentaram-lhe um surdo-mudo, rogando que lhe impusesse as mãos. Jesus aproximou-se do enfermo, tocando os seus ouvidos e a sua língua. Rezou e disse: "*Éfeta*", que significa: *abre-te*. No mesmo instante, o surdo-mudo ficou curado. Jesus pediu que ninguém fizesse publicidade do milagre. Mas a multidão não se conteve. Alegre e entusiasmada, publicou o acontecimento, repetindo: — *Ele fez bem todas as coisas. Fez os surdos ouvir e os mudos falar.*

DIRIGENTE — A bondade e a doação do Mestre devem levar-nos a imitar o seu exemplo. A vida do cristão é uma caminhada pelas estradas do tempo onde a doação é fundamental. Doação, sinônimo de amor, de gratuidade. Cristo e Maria são os dois exemplos maiores, e mais acabados, de doação.

LEITOR 2 — Cristo, o Redentor, levou sua doação até as últimas consequências, morrendo na Cruz para salvar a humanidade, para redimir cada um de nós. Jesus viveu aquela frase imortal: "Ninguém tem maior amor do que aquele que doa sua vida pelos amigos". Esta é a bondade maior: doar a vida pelos irmãos. Imolar-se no altar da generosidade, do serviço, do apostolado. Apontar o caminho do bem e da felicidade aos nossos irmãos de jornada.

TODOS — Ajudai-nos, Senhor,/a seguir vosso exemplo de bondade e doação.

DIRIGENTE — A vida de Maria Santíssima cabe numa palavra: *doação*. Ela foi mulher doante e doada, em todos os momentos da sua existência. A colaboradora mais próxima de Jesus na obra da Redenção. Medianeira entre Deus e os homens, Maria Santíssima continua velando por cada um de nós, hoje, na riqueza inesgotável do seu coração bondoso, amigo, maternal.

TODOS — Maria Santíssima,/ajuda-nos a seguir teu exemplo de bondade e doação.

LEITOR 3 — Para sobreviver e frutificar, a nossa doação deve realimentar-se assiduamente no silêncio, na prece, na oração. O século XXI está doente de barulho, neurótico de ruídos, tonto de algazarra e publicidade.

DIRIGENTE — Silêncio: o genuflexório das grandes almas, dos corações humildes e sábios, dos grandes amigos de Deus e dos homens. Bondade que não se alimenta e realimenta de silêncio e oração fenece breve, engolida pela comercialização desvairada do nosso mundo. Enxertados em Cristo, pelo batismo e pela vida sacramental, só nos resta seguir-lhe os passos. Ele passou pelo mundo fazendo o bem. Que Maria Santíssima, Mãe da Igreja e Rainha dos Apóstolos, nos dê um coração generoso e profundamente missionário. Amém.

TODOS — CANTO FINAL

# 13
# A alegria da acolhida

Quem viaja e se desloca assiduamente sabe e tem experiência: ser ou não ser esperado por amigos, numa rodoviária, num aeroporto... faz uma diferença enorme.

O ser humano gosta de ser esperado, acolhido, recepcionado. Não é nem questão de orgulho, de amor-próprio, vaidade ou presunção. É simples questão de estrutura interna, de calor humano, de sensibilidade. De bem-querer, é claro. Coisas do amor, em última instância.

A alegria da acolhida tem um gosto bom, que os poetas tentam descrever e que nós, pobres mortais, buscamos apenas sentir, viver e curtir.

A *alegria da acolhida* faz pequenos-grandes milagres. Digam-no os pais que trabalham fora de casa numa rotina árdua, monótona e desgastante.

Ao fim da tarde, os seus olhos readquirem estranho brilho: logo mais voltarão ao lar, ao lar que amam.

A alegria da acolhida alimenta o seu trabalho, a sua fé, a sua esperança, dia após dia.

Ser acolhido é doce, terno, gratificante. Tem gosto de abraço, de amizade, de amor e saudade.

Ser acolhido com alegria é festa, um pedacinho de céu na terra.

Um lampejo divino na trajetória dos homens.

Raio de luz e clarão de estrela nos labirintos do ódio, das injustiças, das intrigas e do desamor, que separam e dividem a humanidade sedenta de paz, ternura e bem-querer.

Ser hospitaleiro, acolhedor é viver mais intensamente o milagre do existir.

O cristão consciente é alguém que vive por antecipação a alegria da acolhida... na eternidade. Na casa do Pai.

A paz da consciência é o melhor travesseiro para o sono da tranquilidade.

Viva em paz consigo mesmo, com os outros, com Deus.

Quem não vive para servir, acolher nem merece respirar e sobreviver.

A alegria é um perfume gratificante, fruto do dever cumprido. Esbanje-o. O mundo precisa dele.

# REZAR A VIDA

DIRIGENTE — Quanto mais aprofundamos a vivência do Evangelho mais descobrimos os tesouros infinitos que o Coração de Jesus encerra. Definitivamente, Jesus tem o rosto do Pai. Pai amável, misericordioso, cheio de bondade e amor. Um Pai que nos ama eternamente. Que chegou a enviar-nos seu único Filho para a salvação da humanidade.

TODOS — Obrigado, Jesus,/nosso amigo e salvador.

LEITOR 1 — O Coração de Jesus é Cristo por dentro. Cristo buscando identificar-se sempre com a vontade do Pai. Cristo que veio para nos libertar e redimir, para nos apontar o caminho da paz, da justiça, da felicidade, da reconciliação. Cristo manso e humilde de coração. Cristo amigo das crianças, dos pobres, dos enfermos, dos pecadores, de todos os necessitados. Cristo generoso, um coração sempre aberto para nos acolher. O mundo inteiro cabe dentro do seu Coração.

TODOS — Obrigado, Jesus,/nosso amigo e salvador.

DIRIGENTE — Este é um segredo de paz e serenidade interior que muita gente ainda não descobriu: o oferecimento diário das nossas 24 horas ao Pai, a Jesus. Precisamos rezar a vida e não apenas algumas preces isoladas. Rezar a vida é falar com Deus, contando-lhe tudo. O que somos, o que temos, o que se passa dentro de nós. Aos amigos a gente abre a alma, desvenda o íntimo. Jesus é o nosso melhor amigo. O amigo certo das horas incertas. Tão amigo que morreu para nos reconciliar, para nos redimir e recolocar na rota do céu.

TODOS — Obrigado, Jesus,/nosso amigo e salvador.

LEITOR 2 — Falar a Deus sobre a nossa vida não significa, necessariamente, desfiar todo o rosário do nosso cotidiano: alegrias e sofrimentos, angústias e incertezas, o nosso medo, o nosso sucesso, ficando horas e horas contando em voz alta o que estamos sentindo, vivendo. Podemos falar com Deus mentalmente. Existe a linguagem dos olhos, dos sentimentos, de alma para alma. E esta linguagem profunda, misteriosa dispensa palavras. Jesus nos conhece inteiramente. Por dentro e por fora. Ele sabe tudo... antes que falemos, digamos, desabafemos.

TODOS — Senhor,/ensinai-nos a rezar./A rezar de verdade.

LEITOR 1 — A força e a sinceridade da oração não se medem pelo número de palavras proferidas. O próprio Cristo lembrou, lá na Palestina: "Não multipliqueis palavras, como fazem os pagãos. Vosso Pai, que está nos céus, sabe de tudo o que necessitais".

LEITOR 2 — A oração é dádiva do céu, mas também esforço e conquista da nossa parte. Aprendemos a rezar rezando. O grau da nossa fé é o grau da nossa oração. A força da nossa esperança é a força da nossa oração. A profundidade do nosso amor é a profundidade da nossa oração.

TODOS — Senhor,/ensinai-nos a rezar./A rezar de verdade.

DIRIGENTE — Rezar é trazer o céu à terra. Rezar é espiritualizar o profano, sacralizando pequenos gestos e atitudes, convertendo em ouro as mínimas coisas de cada dia. Rezar é colocar Deus no centro da nossa existência.

TODOS — CANTO FINAL

# 14
# O preço a pagar

As grandes obras, os duradouros empreendimentos, exigem um preço, sempre: esforço diário, vontade de acertar, organização, disciplina e lucidez, objetivos definidos, fidelidade até o fim.

Nem sempre estamos dispostos a pagar o preço que o planejamento, a disciplina e a dedicação ao trabalho exigem.

Muitas vezes, o nosso empenho é pequeno, a nossa motivação é pálida, reticente. E a nossa coragem e a nossa motivação quase inexistem.

Esquecemo-nos facilmente das alegrias que a solidariedade proporciona.

Quem não vive para servir não serve para viver. Felicidade compartilhada, alegria dobrada. Não temos direito à felicidade se não a criamos à nossa volta.

Semeie calor humano, simpatia e benemerências. A sociedade fria de hoje precisa de corações luminosos.

Cuidado com os vampiros escondidos na sua casa: o medo, o orgulho, a inveja, o ódio, o ciúme e as preocupações doentias.

São sentimentos deletérios, negativos. Devem ser expulsos, jogados fora, bem longe.

Balmes dizia que "um homem preguiçoso é um relógio sem corda".

Um homem sem esperança é um jarro sem flores, uma fonte sem água, um horizonte cinzento nublado, um corpo sem alma, um altar sem celebrante.

Ajudai-nos, Senhor, a pagar o preço que as grandes causas reclamam.

Quero prosseguir sorrindo, partilhando o meu existir com os irmãos de caminhada.

## DEUS É VIDA

DIRIGENTE — Irmanados na fé, na fraternidade, agradeçamos o dom da nossa vida, rezando:

TODOS — Pai Nosso, que estais no céu...

DIRIGENTE — Um dos grandes sofrimentos do ser humano é sentir-se sozinho, inútil, abandonado. É sempre tão consolador ler e meditar a parábola do Bom Pastor... Um Deus que nos ama desde toda a eternidade. Um Deus que nos acompanha, que nos deseja alegres, felizes, realizados. Ouçamos a narrativa do apóstolo João.

LEITOR 1 — Disse Jesus: "Eu sou o bom Pastor, conheço as minhas ovelhas, e as minhas ovelhas me conhecem. Como o Pai me conhece, assim eu conheço o Pai. E dou a minha vida por minhas ovelhas. Dou-lhes a vida eterna. E elas jamais hão de perecer. E ninguém as arrebatará da minha mão" (Jo 10,14-15.28).

DIRIGENTE — Deus é vida e transmite vida. Livres, podemos viver com Deus ou colocar-nos contra Deus, desprezando a amizade divina, voltando as costas ao Criador, transtornando os planos de Deus. Pecando, perdemos a amizade divina.

LEITOR 2 — Deus, no seu amor misericordioso e paternal, está sempre de braços abertos para acolher quem se desvia, para reaceitar em sua amizade as "ovelhas desgarradas". A misericórdia divina é sempre maior que a nossa fraqueza.

DIRIGENTE — Para tornar visível o seu amor aos homens, Deus Pai enviou ao mundo o seu Filho, Jesus Cristo. Por isso, Jesus é para nós a fonte desta vida superior, divina, sobrenatural.

LEITOR 3 — Da fonte brota água. Da fonte de vida eterna, que é Jesus Cristo, brotam luz, verdade, graça, amor, alegria, esperança, santidade. Viver em Cristo, com Cristo e por Cristo é viver em comunhão com o Pai, com o Espírito Santo.

LEITOR 1 — Da fonte brota água. Da fonte de vida eterna, que é Jesus, nasce a santidade. Vida e santidade que nos tornam agradáveis a Deus, profundamente amados por Deus. Vida e santidade que pedem a nossa cooperação com a graça divina.

LEITOR 2 — Jesus, no seu infinito amor, oferece-nos os meios para crescermos nessa vida divina, sobrenatural. Oferece-nos condições para reconquistarmos essa vida divina, se por acaso a perdemos através do pecado.

DIRIGENTE — A generosidade de Deus é sempre maior que a nossa fraqueza e a nossa fragilidade humanas. Os sacramentos, sempre à nossa disposição, são os misteriosos canais que ligam o céu e a terra, trazendo a graça divina até nós.

LEITOR 3 — Essa comunhão de vida, que nos conforta e santifica, é uma prova suprema de amor. E Jesus, no seu coração, é a síntese destes dons de vida e santidade. O sangue e a água brotados do seu lado aberto, do seu coração ferido simbolizam os Sacramentos de Vida, como nos recorda a liturgia da festa do Coração de Jesus.

DIRIGENTE — A devoção ao Sagrado Coração de Jesus é uma garantia de Vida, de Graças, de Santidade. Agradeçamos tudo isso, cantando com muita fé e alegria:

TODOS — CANTO FINAL

# 15
# O sol da alegria

Cinema, rádio, telefone, computadores, meios de transporte, informática e televisão: engenhosos veículos da tecnologia moderna que encurtam distâncias, aproximando indivíduos, povos e comunidades.

Somos informados instantaneamente sobre tudo o que se passa à nossa volta.

O mundo de fora entra para dentro da nossa casa. Apesar disso, a solidão subsiste, se adensa, se espraia. E dói.

Nas grandes metrópoles, cruzamos com milhares de transeuntes. Mas não conhecemos ninguém. Solidão na multidão.

Ninguém consegue viver sem o calor da amizade humana.

A nossa caminhada se torna mais fácil, mais cheia de sol quando sentimos o calor de ombros vizinhos confraternizando conosco.

A solidão mais amarga é alguém sentir-se sozinho, esquecido, marginalizado. Sem voto de confiança de ninguém.

No desconcerto do mundo, uma certeza conforta, uma estrela cintila: para quem ama nada é pequeno, insignificante. Tudo pesa, tudo vale, tudo é graça. E tudo adquire outro sentido e novo sabor.

Sorria, cante e agradeça. Você é redimido. E Deus ama você, eternamente.

Você tem dentro de si a solução para triunfar sobre todos os obstáculos e fazer da sua existência a mais rica das trajetórias.

O ser humano nasce para a alegria da descoberta. Viver é garimpar na busca do ouro. O ouro... sentido-da-vida.

Tenha um ideal pelo qual lutar. Uma estrela iluminando o seu firmamento. Objetivos certos e definidos conferindo rumo aos seus passos.

Você nasceu para a felicidade. Para não a machucar, preserve a todo custo o gosto bom de servir, de viver, de sorrir, de acolher, de confraternizar, solidariamente.

## O VALOR DA MEDITAÇÃO

DIRIGENTE — Estamos aqui reunidos para rezar, para refletir e nos reabastecer espiritualmente. Façamos uns instantes de silêncio inicial, abrindo os nossos corações para que a graça de Deus possa agir em nós e nos transformar. (*Silêncio.*) Para que o Pai nos abençoe, rezemos juntos:

TODOS — Pai Nosso, que estais no céu...

DIRIGENTE — A meditação faz parte da nossa vida. *Meditar* é um verbo que vem do latim e significa *contemplar, refletir.* Meditamos sobre o Evangelho, sobre as mensagens de Cristo. Refletimos sobre os acontecimentos, procurando tirar lições. Meditar é bom, ajuda a crescer e nos torna mais lúcidos, mais criativos, mais profundos, mais solidários e mais cristãos.

LEITOR 1 — Na correria da vida moderna, muita gente está perdendo o hábito de refletir, de parar um pouco, de meditar. Muitos dizem e pensam que meditar é perder tempo.

TODOS — Senhor,/nós acreditamos no valor da meditação.

DIRIGENTE — O homem moderno está perdendo o *olhar de contemplação* e já não sabe ver as coisas, os fatos, as pessoas com os olhos de Deus. A sua visão de vida é profana, superficial. O seu coração está apegado à matéria, aos bens de consumo, aos valores que passam.

TODOS — Ajudai-nos, Senhor,/a desenvolver nosso olhar de contemplação.

LEITOR 2 — Viver a nossa fé em profundidade é descobrir a dimensão contemplativa de tudo. A dimensão contemplativa do trabalho, das nossas alegrias e dos nossos sofrimentos, do nosso apostolado, das nossas renúncias, dos nossos ofertórios, das mínimas coisas de cada dia.

DIRIGENTE — Meditar é comunicar-nos com Deus. É entrar em sintonia com Ele, escutando, silenciando, falando com Ele, abrindo espaços para Cristo em nosso cotidiano, em nossa caminhada. Meditar não é luxo, passatempo estéril, tempo perdido. É uma necessidade vital para todo cristão.

LEITOR 3 — Meditar exige treino, perseverança, motivação interna. Podemos rezar em qualquer lugar do mundo. Mas nos recolhemos e rezamos com mais facilidade quando existe ambiente, silêncio e sossego à nossa volta. Precisamos construir esse ambiente, esse silêncio, essa atmosfera. Silêncio é também uma questão de preferência, de motivação.

LEITOR 2 — Por que não reservar alguns minutos pela manhã para meditar? Iniciar o dia rezando, abrindo uma página da Bíblia, meditando algum substancioso trecho de livro é um ótimo costume, segredo de pessoas inteligentes. Entrar em sintonia com Deus logo de manhã, antes de iniciar o trabalho, as tarefas rotineiras, é a melhor maneira de principiar um dia. Rezar e meditar à noite, antes de nos recolher: outra fórmula de sabedoria cristã.

TODOS — Senhor,/ensinai-nos a rezar,/a refletir,/a meditar.

LEITOR 3 — A prece e a meditação nos deixam mais serenos, mais pacificados. Vivemos num mundo dividido e conturbado, onde tanta gente perdeu a unidade interna. A prece e a meditação realizam o milagre de unificar o nosso eu disperso, conferindo-nos paz e alegria, segurança e jovialidade, transformando o nosso dia a dia em um grande e precioso ofertório no altar da redenção.

TODOS — Senhor,/queremos rezar toda a nossa existência.

DIRIGENTE — Cristo e Maria: ambos profundamente orantes, profundamente contemplativos. Internamente unificados, buscando sempre, e em tudo, a vontade do Pai. Que Jesus e Maria sejam o nosso modelo de oração, de silêncio interior, de contemplação.

TODOS — CANTO FINAL

# 16
# Rezar é perder tempo?

Nós encontramos de tudo neste mundo.

No museu antirreligioso de Bucara, na Ásia russa muçulmana, há uma série de fotografias de crentes prostrados em oração, no ritual do Islã.

Junto às fotografias do museu, esta inscrição garrafal:

*Todas estas horas passadas em orações inúteis são horas perdidas para o trabalho produtivo. Lembrem-se de que a oração é a pior das drogas!*

Os entusiastas do mundo pagão batem palmas à legenda do museu antirreligioso na Ásia.

Os ativistas que não entendem de fé e desconhecem a dimensão espiritual do ser humano subscrevem pacificamente a inscrição. Como também os partidários de Marx, de Engels ou de Lenin, para os quais a religião é o ópio do povo...

E eu? Como administro e analiso a oração na minha vida? Vejo-a como lucro ou como perda, como tempo perdido ou tempo valorizado?

Cristo nos fala o que repetia frequentemente às multidões, em terras da Palestina: "Não junteis tesouros aqui na terra, onde a traça e a ferrugem destroem, e os ladrões assaltam e roubam. Ao contrário, juntai para vós tesouros no céu, onde nem a traça e a ferrugem destroem, nem os ladrões assaltam e roubam. Onde está o teu tesouro, aí estará também o teu coração" (Mt 6,19-21).

Buscando valorizar ao máximo a sua existência, acredite sorrindo, agradecendo: qualquer problema tem solução.

Em circunstâncias adversas, a resposta adequada despontará em momento oportuno.

Basta um pouco de coragem, paciência e determinação... da nossa parte.

Todos aqueles que lutam por uma causa sagrada tornam-se vencedores, porque trazem entusiasmo na fronte, alimento na mochila e um estilo próprio de prosseguir.

## CRISTO, NOSSA VIDA

DIRIGENTE — A virtude da humildade caracteriza a vida de Cristo e Maria. O cristão verdadeiro é um cristão humilde.

Pedindo a graça da humildade, da mansidão e da simplicidade, rezemos:

TODOS — Ave, Maria, cheia de graça...

DIRIGENTE — Um dia, lá na Palestina, Tiago e João, filhos de Zebedeu, aproximaram-se do Mestre ligeiramente arrogantes, carregando exigências: "Mestre, queremos que nos concedas tudo o que te pedirmos". Quem eram eles para assim mandar em Jesus, calcando forte no verbo *querer/exigir*?

LEITOR 1 — Pode um discípulo mandar no Mestre? Pode um amigo fazer exigências ao seu amigo? Amizade é sempre gratuita, desinteressada, voto de confiança recíproco, sem imposições, sem ordens obrigatórias: "eu quero... eu mando... eu exijo... eu tenho direito... eu mereço... você deve".

LEITOR 2 — Amigos não devem. Amigos de verdade doam livremente. Amizade é partilha espontânea, alegre, generosa, sem cobranças impositivas. Quem entende de Redenção entende de amizade, de amor. O Pai não devia nada à humanidade. Enviou o seu Filho Unigênito, num gesto de bondade, de misericórdia, de infinito amor.

TODOS — Obrigado, Senhor,/porque nos amais eternamente.

DIRIGENTE — Diante das exigências ingênuas de Tiago e João, o coração do Mestre interrogou: "O que vós desejais que eu faça?". Crentes dos seus direitos, os dois irmãos afirmaram na maior sem-cerimônia: "Concedei-nos, Senhor, que nos sentemos na tua glória, um à tua direita, e outro à tua esquerda".

LEITOR 3 — Compreensivo e indulgente, compadecido da petulância dos seus discípulos, Jesus colocou as coisas em seu devido lugar: "Não sabeis o que pedis... Quanto ao fato de se assentarem à minha direita ou à minha esquerda, isto não depende de mim, é decisão do Pai. Da minha parte, só tenho isto a dizer: se desejais seguir-me, deverão beber do meu cálice e passar pelo batismo no qual eu serei batizado".

DIRIGENTE — Cálice e batismo, na expressão de Cristo, significavam sofrimento, renúncia, tribulação e cruz. Magnífica página do Evangelho esse diálogo de Cristo com dois dos seus discípulos. Vaidade, petulância e ingenuidade da parte de Tiago e João. Magnanimidade, sabedoria e compreensão redentoras da parte do Mestre.

TODOS — Senhor,/aumentai a nossa fé,/a nossa humildade.

LEITOR 1 — Ser cristão é reconhecer-se pecador. A misericórdia divina existe para socorrer a fragilidade humana. Os corações orgulhosos dispensam Deus, afastam-se da misericórdia do Pai porque se julgam suficientemente sábios e fortes para conduzir e construir a sua vida sem o Evangelho, sem a ajuda do Alto.

TODOS — Senhor,/aumentai a nossa fé,/a nossa humildade.

DIRIGENTE — Seguir Cristo de perto é beber do seu cálice, é passar por sofrimentos, renúncias e tribulações. É pelo Calvário que chegamos ao domingo da Ressurreição. O grão de trigo deve morrer para frutificar. Se tivermos a coragem de beber no cálice do Mestre, o Pai nos garantirá um lugar ao seu lado na eternidade. Amém, aleluia.

TODOS — CANTO FINAL

# 17
# Amor-doação

Os homens correm no tempo em busca de fórmulas mágicas que realizem milagres. Essas fórmulas e esses milagres existem. Dentro de nós.

As fontes divinas circulam na mente e no coração humano. São inesgotáveis para o apoio de que precisamos. São infinitas para a coragem da vivência cristã.

Não são a glória, nem o gênio, nem a fortuna que nos conferem a estatura maior, a plenitude mais funda, mas sim a bondade, o amor-doação. A bondade... irmã da esperança. O amor-doação: reflexo carinhoso de Deus na terra dos homens.

Deixe o seu coração cantar, saudando cada dia com fé, esperança e otimismo. Caminhe ao encontro da vida, levando entusiasmo na alma. Você pode ser uma criatura musical.

É preciso silenciar para auscultar outros corações. Só um coração musical sabe captar a palpitação da natureza, da vida, dos homens, dos silêncios, dos mistérios de Deus. Almas tristes lembram pássaros de asas cortadas, firmamentos sem estrelas.

É no clima sagrado da prece que as vozes leves ecoam, os passos ágeis se ouvem e os fundos apelos ressoam. O ruído espanta encontros profundos, diálogos luminosos, amizades duradouras, prejudicando o nosso convívio.

Silêncio que salva vem sempre dentro de outro silêncio. Dois silêncios dialogando, que força humano-divina, meu Deus!

A sintonia das almas dispensa palavras. Falam os olhos, os gestos, a vibração interna.

Para ganhar alturas redentoras, nada melhor que as asas da oração. Muita gente rasteja, sem libertar-se de futilidades terrenas, porque desaprendeu a arte de se interiorizar.

Perante a dor, silenciamos. E as luzes crescem, os sofrimentos se apagam e o mistério da vida fala mais alto.

Plante flores ao longo dos caminhos, minha irmã, meu irmão. Uma rosa é sempre perfumada e formosa, apesar dos seus espinhos.

Se não temos o que amamos, temos de amar o que temos, mesmo que seja pouco, aquém dos nossos anseios e aspirações.

O mundo era pequeno para o ambicioso general Napoleão Bonaparte.

Uma andorinha se contenta com o desvão de um telhado para armar o seu ninho.

## TODOS SOMOS CHAMADOS

DIRIGENTE — Que Jesus e Maria abençoem estes momentos de oração e fraternidade que iremos viver agora. Que o Espírito Santo ilumine a nossa mente e aqueça os nossos corações. Na alegria de estarmos juntos, aqui, formando uma comunidade de fé e gratidão, cantemos:

TODOS — A nós descei, divina luz,/a nós descei, divina luz,/em nossas almas acendei/o amor, o amor de Jesus,/o amor, o amor de Jesus.

DIRIGENTE — Nos planos de Deus, *todos somos chamados*, todos temos uma sagrada missão a cumprir. Quem chama é Deus, é Jesus. E a resposta é nossa.

LEITOR 1 — O ser humano é livre, pode dizer "Sim" ou "Não" ao chamado de Deus. A nossa vida cresce em responsabilidade exatamente porque temos uma tarefa a cumprir, uma vocação a realizar. Livres, podemos jogar fora o dom da nossa vida. Livres, podemos amarrar as mãos do próprio Deus. A liberdade humana é a fraqueza de Deus!

TODOS — Ajudai-nos, Senhor,/a encontrar e a viver nossa vocação.

DIRIGENTE — Desde toda a eternidade, Deus tem um *projeto-vida* para cada um de nós. Descobrir este projeto e vivê-lo com alegria, com fidelidade é o segredo da paz, o caminho da realização.

TODOS — Ajudai-nos, Senhor,/a encontrar e a viver nossa vocação.

LEITOR 2 — Somos todos chamados e cada um de nós tem sua *vocação pessoal*. O Espírito Santo sopra onde quer. A cada ser humano Deus confia uma tarefa especial. Quem a cumpre colabora com Deus, glorificando o Pai. Quem não se interessa em viver a sua vocação pessoal transtorna os planos divinos, não leva a sério a redenção de Jesus.

LEITOR 3 — Consciente de que tinha uma grande missão a cumprir, Jesus procurou viver sempre a vontade do Pai. Com alegria, perseverança e perfeição. Maria Santíssima imitou o seu Filho com generosidade total. Também ela buscou viver a vontade do Pai, em todos os momentos, na alegria e na tristeza, no Calvário ou no Tabor. Todos os grandes patriarcas e profetas do Antigo Testamento realizaram obras maravilhosas porque aceitaram a sua vocação, porque abraçaram com entusiasmo a sua missão pessoal.

TODOS — Ajudai-nos, Senhor,/a encontrar e a viver nossa vocação.

DIRIGENTE — Deus tem um *projeto-vida* para cada um de nós. Da concretização desse projeto-vida depende a nossa felicidade e o destino de muitos dos nossos irmãos.

LEITOR 1 — Não é fácil ser cristão e viver o Evangelho numa sociedade materialista onde os valores espirituais são marginalizados constantemente.

DIRIGENTE — Façamos uns *instantes de silêncio*, refletindo sobre a nossa vocação pessoal e sobre o dom da nossa vida. E peçamos perdão também... Agitados e superficiais, atarefados e dispersos, nem sempre buscamos a vontade do Pai em nosso cotidiano. Outras são as nossas preocupações. Outros são os nossos interesses no do dia a dia... Afortunadamente, a misericórdia divina é sempre maior que as nossas fragilidades e limitações.

LEITOR 3 — Obrigado, Senhor, pelo dom da vida. Obrigado por termos nascido numa família cristã e sermos chamados a continuar a vossa obra redentora. Obrigado, hoje e sempre, Cristo da Palestina, Cristo da Eucaristia, Cristo da Ressurreição.

DIRIGENTE — Eterno Pai, concedei-nos a graça de descobrir nossa vocação pessoal, dentro da comunidade, na Igreja de hoje. Dai-nos clarividência e determinação para realizar a nossa vocação pessoal e assim colaborar na construção do vosso Reino. Isto vos pedimos, por Maria Santíssima, nossa Mãe, e por Jesus Cristo, vosso Filho, na unidade do Espírito Santo. Amém.

TODOS — CANTO FINAL

# 18 Vocação

Três tipos de pessoas costumam vencer na vida:

— os resolutos,

— os perseverantes,

— os que acreditam na sua vocação.

Santidade, a rigor, é algo muito simples: realizar o plano que Deus tem para nós. Só isso, nada mais.

Não tenha medo da cruz. Vitória sem luta é triunfo sem glória.

Vocação é um passo em frente, a cada dia, sentindo o calor de ombros vizinhos, amigos, montanha acima, eternidade adentro.

Vocação é conquista, palmo a palmo, de renúncia em renúncia, no prêmio de mil batalhas, na alegria de quem joga a sua vida pelo Reino do Pai.

Somos frágeis, reticentes, fortemente limitados, humanos, pecadores, mortais.

É muito irregular o encefalograma da nossa vida. Existe alguém completamente santo, sábio, herói, homem de oração?

Somos todos imperfeitos, incompletos, limitados. Mais terra do que céu, nossa biografia. Mais planície do que montanha, nossa trajetória.

É de misericórdia, acima de tudo, que todos necessitamos. De muito perdão humano e divino.

Podemos fazer as coisas pequenas com alma grande; e as coisas grandes com alma fria e mesquinha.

O segredo da dignificação do trabalho está na alma de quem o realiza. O trabalho vale o que vale o trabalhador.

A bondade vivida e partilhada é o único emprego de capital terreno que garante dividendos imorredouros... no Banco da Eternidade.

Nos desafios do cotidiano, às vezes ganhamos perdendo. Ganhamos humildade. Amadurecemos. O único fracasso retumbante e verdadeiro é aquele no qual *nada* aprendemos.

## REZAR É CONSTRUIR PONTES

DIRIGENTE — Rezar é encontrar-se com Deus, é dialogar com o Pai, o Filho e o Espírito Santo. Com alegria e profunda gratidão, rezemos juntos, neste momento, a oração maravilhosa que o próprio Cristo nos ensinou:

TODOS — Pai Nosso, que estais no céu...

DIRIGENTE — Nossa vida cristã deve pautar-se, em tudo, pelo exemplo da vida de Cristo. Jesus rezava muito, rezava sempre. E a sua oração foi sempre profundamente mediadora. Ele falava ao Pai das necessidades do povo, dos seus problemas e anseios. E às multidões Jesus falava do Pai, revelando-o, fazendo-o conhecido e amado.

TODOS — Obrigado, Jesus,/por nos levares ao Pai.

LEITOR 2 — Rezar é construir pontes entre Deus e as criaturas humanas, unindo eternidade e tempo, o infinito e o relativo. Embora frágeis e limitados, podemos comunicar-nos diretamente com Deus. A terra tocando os céus. Eu, tão pequeno, em contato com a onipotência.

LEITOR 3 — Graça imensa, privilégio sagrado: à semelhança de Jesus, sou mediador entre o Pai e os homens.

LEITOR 1 — Refletindo sobre a oração mediadora, o nosso pensamento se volta para Maria Santíssima. Entre os muitos títulos que ela possui existe um que a distingue e que merece a nossa gratidão especial: Maria Medianeira de Todas as Graças. Ela é ponte, canal, mediadora, vínculo de conexão: entre nós e Jesus, entre nós e o Pai, entre a terra e o céu, o tempo e a eternidade.

TODOS — Obrigado, mãe,/medianeira de todas as graças.

DIRIGENTE — Em suas orações, Jesus falava ao Pai sobre os homens. E o que rezava ele? O que pedia Jesus? Os dons espirituais, a expansão do Reino, a fé dos discípulos, a conversão das multidões. Jesus suplicava ao Pai a unidade dos seus, o crescimento no amor, a libertação dos males do mundo, a fortaleza para as dificuldades.

LEITOR 2 — A exemplo do Mestre, façamos de toda a nossa vida uma oração de súplica, de agradecimento e de louvor a Deus. O nosso coração deve ser imenso, dilatado como o coração de Jesus. Os horizontes da nossa prece devem ser amplos e largos, como os horizontes do mundo.

LEITOR 3 — Levemos até Deus não apenas os nossos problemas, as nossas preocupações e alegrias, mas as grandes necessidades da Igreja e da humanidade, os grandes problemas que desafiam o século de hoje, onde existe tanta injustiça, tanto materialismo, tanta opressão.

TODOS — Coração de Jesus,/aumentai a nossa fé,/a nossa esperança,/a nossa fraternidade.

DIRIGENTE — Que Maria Santíssima, medianeira de todas as graças, nos leve até Jesus, até o Pai, e nos ajude a viver o mandamento da caridade. Sob as bênçãos maternais de Maria, queremos construir um mundo novo, mais fraterno, mais justo e humano, a Civilização do Amor.

TODOS — CANTO FINAL

# 19
# Sorrir para não deprimir

O tempo é uma chance que Deus nos oferece para trabalharmos com Ele, em benefício dos outros e de nós mesmos.

Dizem que o homem aquilata o valor do tempo só quando lhe restam alguns momentos de vida, diante da morte.

Haverá um dia, o nosso último dia. O mundo continuará a sua marcha, a sua rotina e a sua atividade sem a nossa presença, sem a nossa participação. A nossa presença no mundo terá terminado.

Existem rugas que jamais deveriam ser motivo de vergonha. Rugas na fronte, cicatrizes de um trabalho honrado e constante. Felizes aqueles que chegam ao limiar da eternidade podendo dizer:

— Senhor, trago as mãos calejadas de tanto semear bondade, de tanto fazer o bem!

Por muito tempo se acreditou que bastaria aumentar o progresso material para os povos sentirem o sabor da felicidade, da plena realização.

Hoje, até os mais otimistas defensores dessa tese questionam a natureza ambígua da "civilização" hodierna.

Os grandes problemas mundiais, em vez de se amenizarem, se aguçaram assustadoramente nas últimas décadas.

Um mundo melhor pode e deve ser construído. E nós temos de ser os engenheiros dessa tarefa nos tempos de hoje.

Sobre a mesa de trabalho, em letras visíveis e destacadas, um jovem universitário colocou este lema-vida: *Sorrir para não deprimir.*

Alegria é um documento que revela o nosso mundo interior, o nosso estado de espírito. O sorriso é primo-irmão da esperança: lembra estrelas, dias de festa, jardim florido. A mãe do Sorriso é dona Bondade.

Ninguém é tão pobre que não possa doá-lo, gentilmente. E ninguém é tão rico e pleno que possa dispensá-lo tranquilamente. A rigor, todos precisamos dele, no Calvário ou no Tabor.

É de joelhos, suplicante, que nos pede a humanidade: — Um *sorriso*, por favor!

## JESUS, NOSSO MODELO

DIRIGENTE — Sempre que nos reunimos para refletir, para rezar, esta é uma certeza luminosa, consoladora: Jesus está conosco. Ele mesmo disse e prometeu, lá na Palestina: "Onde dois ou mais estiverem reunidos em meu nome, eu estarei no meio deles". Alegres, fraternos e agradecidos, rezemos juntos:

TODOS — Pai Nosso, que estais no céu...

DIRIGENTE — Jesus é nosso modelo. Pequena frase. Grande lema, nobre causa, digno programa de vida, imenso desafio e compromisso. Jesus é nosso modelo, Caminho e Verdade, nossa meta. A razão de ser do nosso trabalho, das lutas e dos sacrifícios, do nosso entusiasmo e do nosso fervor apostólico.

LEITOR 1 — Ser cristão é escolher Cristo como modelo. A própria palavra o sugere e confirma. A raiz vocabular é a mesma: *Cristo... cristão.*

TODOS — Jesus,/nosso modelo e vida,/iluminai nossos caminhos.

LEITOR 2 — O cristão é alguém que se enxerta em Cristo, profundamente. Cristo, a Videira. Nós, os ramos. Cristo, conferindo-nos força, arrimo aos nossos passos inseguros, vacilantes. A nossa alegria, quando estamos tristes, abatidos, desanimados. Perdão e misericórdia para as nossas culpas e fragilidades. Cristo, a Videira. Nós, os ramos.

LEITOR 3 — Quem ama pensa na felicidade do outro. Jesus nos ama infinitamente. Por isso mesmo, coloca à nossa disposição tudo o que Ele possui. Pelo fato de estarmos unidos, enxertados em Cristo, participamos intimamente da sua bondade, da sua misericórdia, do seu amor, do seu perdão.

TODOS — Obrigado, Senhor,/por tantas riquezas,/por tanto amor.

DIRIGENTE — Cristo, nosso modelo, Caminho, Verdade e Vida. Cristo, Profeta, Rei e Senhor.

LEITOR 1 — Detalhe significativo, constatação luminosa, imortal: Jesus não apenas ensinou, mas vivenciou visivelmente todas as preciosas mensagens que nos deixou.

LEITOR-2 — Jesus é o Bom Pastor, que nunca abandona as suas ovelhas, aceitando morrer para salvar o seu rebanho, a humanidade.

TODOS — Queremos anunciar vosso Reino,/Senhor./ Hoje e sempre.

LEITOR 2 — Além de Profeta, Jesus é Rei. Rei das almas, dos lares, dos corações. Curava enfermos, ressuscitava mortos, aplacava tempestades, consolava os aflitos e necessitados.

LEITOR 1 — Cristo, Rei e Senhor do céu e da terra, dos vivos e dos mortos, do universo inteiro. Do tempo. Da eternidade. Ele veio para servir, perdoar, nos redimir e orientar pelas rotas da fraternidade.

DIRIGENTE — Jesus, nosso modelo. Profetas, como ele, devemos anunciar a Palavra de Deus, colocando os nossos talentos, forças e vida a serviço do próximo, a serviço dos nossos irmãos.

TODOS — Canto final: "Vitória, tu reinarás".

# 20
# Mistério do Natal

Tudo tem o seu tempo no calendário dos homens. Tudo tem o seu tempo nos calendários da vida.

Tempo de trabalho e tempo de descanso. Tempo de compras e tempo de economia doméstica.

Tempo de ver televisão e tempo de viajar a Belém, nas asas festivas da imaginação.

Natal, o mais lindo de todos os tempos, trazendo à tona o nosso coração de criança, acordando vivências saudosas de sentimentos adormecidos. E o despertar, na existência, é sempre um lampejo de aurora.

Natal. Vida nova. Ternura. Aconchego. Renascimento. Fraternidade.

Natal, tempo de esperança num Reino que há de vir!

E esse Reino é como uma criança pintando de verde nosso porvir!

Ele já veio, instalando a sua tenda entre nós, naquela noite que riscou de azul e verde o mapa da humanidade. E desde então o calendário ficou dividido em dois: o que era antes dele e o que veio depois!

Ele já disse "presente"!

Mas o seu Reino, quem o constrói é a gente!

Num trabalho de cada dia,
remando contra a corrente,
na luta e no sofrimento,
na coragem, na alegria.

Natal, tempo de fé. Fé adulta, alimentada nas palhas frias de um presépio. O mistério de um Deus que se fez homem, que se torna pequeno para não nos assustar de saída...

Lavra tanto pessimismo sobre a face da terra...

Em nome da paz, há povos fazendo guerra...

Com todo esse sangue e essa fumaça, Menino, vamos perdendo de vista o essencial...

Lava meus olhos, Menino, na tua estrela-natal!

Quero tua estrela, Menino, para começar tudo de novo...

Andarilhos de tantas estradas, garimpeiros da Esperança, já desbravamos até a lua, na busca da felicidade!

Quero tua estrela, Menino, para começar tudo de novo, na escola da fraternidade!

## ADVENTO E NATAL

DIRIGENTE — O tempo correu, os meses passaram e dezembro chegou, trazendo-nos o Advento e a festa do Natal. Agradecendo as bênçãos e graças, assim como os problemas e os sofrimentos deste ano, rezemos juntos, com fé e gratidão:

TODOS — Pai Nosso, que estais no céu...

DIRIGENTE — Advento é um período litúrgico privilegiado. Aquela caminhada anual, sempre antiga e sempre nova, que nos leva até o presépio, até Belém, até Jesus. Tudo passa, tudo envelhece, caduca e morre. Só não passa o Natal, aquela atmosfera de ternura, de paz, de simplicidade, de amor. E de muita esperança, acima de tudo.

LEITOR 1 — Advento é um tempo impregnado de expectativa. Natal, a grande festa da esperança. Como seria a vida, o mundo, a humanidade se não existisse a esperança? Viver é esperar. E esperar é viver. O ser humano caminha, luta, constrói e vive na esperança, essa varinha mágica, esse móvel secreto de todos os empreendimentos, de todos os progressos na história.

TODOS — Senhor, aumentai a nossa fé,/a nossa esperança.

LEITOR 2 — Vivemos ancorados na esperança. E mesmo assim a vida cansa! Como deve ser lancinante, triste e pesado viver sem uma luz, lá na frente, aclarando o hoje, a nossa caminhada de cada dia.

TODOS — Senhor, aumentai a nossa fé,/o nosso otimismo cristão.

LEITOR 3 — Somos criaturas que buscam. Toda busca traz uma expectativa. Na semente jogada à terra pelo agricultor. No time que entra em campo em qualquer disputa esportiva. No aluno que frequenta aulas, dia após dia. Na prece rezada, na mão estendida, no perdão ofertado, na cirurgia que se realiza, em todos esses gestos vislumbramos os rastos da esperança. Esperança de um bem que virá, de um sonho que se acalenta, de uma pergunta esperando resposta, de um amigo que nos acolha e compreenda, de um problema em busca de solução.

TODOS — Senhor, aumentai a nossa fé,/a nossa alegria de viver.

DIRIGENTE — A esperança é um tema eterno que os poetas cantam, os artistas pintam em suas telas e os escritores descrevem em seus livros e artigos. Tema eterno, sempre antigo e sempre novo, porque o ser humano não apenas vive de esperança e para a esperança. O ser humano é esperança.

TODOS — Obrigado, Cristo de Belém, Caminho, Verdade e Vida em nossa existência.

LEITOR 1 — Natal. Uma Criança dentro da noite, repartindo a História em dois momentos bem definidos: o que era antes e o que veio depois. Uma Criança dentro da noite, despertando o que há de melhor, de mais puro e de mais sagrado no coração dos homens, inaugurando uma era de novos céus e nova terra: o primado do Amor. O Evangelho da justiça, da fraternidade, da reconciliação. Um Deus-conosco, para sempre, indicando-nos o verdadeiro sentido da vida e o endereço da felicidade.

DIRIGENTE — Natal, irrupção divina na história individual e coletiva da humanidade. Um Deus se apequenando para não nos assustar com sua glória e sua majestade. Natal, um Deus-conosco. Hoje, amanhã e sempre. Cristo nasce e renasce, a cada dia, a cada instante, no coração de quem acolhe, com alegria, o seu irmão, o seu semelhante. Que bom seria se o Natal não fosse apenas uma noite festiva, um dia, mas alegre continuidade em nosso existir, prefácio do Natal da eternidade.

TODOS — Canto final: "Noite feliz".

# 21
# Trabalho e juventude

Para viver e sobreviver num mundo cada vez mais confuso e tumultuado, todos precisamos de alguma fonte.

Fonte ajuda, abastece e revigora para prosseguirmos na jornada.

Ame o seu trabalho, e ele, além de tornar-se mais leve, converter-se-á em preciosa fonte de rejuvenescimento psicológico, espiritual.

Ame a sua família e você terminará olhando-a com novos olhos e coração mais ensolarado.

O trabalho não é uma maldição. Ao contrário, transforma-se em bênção, oásis quando assumido com alegria e motivação.

Encarada com aborrecimento, qualquer tarefa nos cansa... antes mesmo de você a iniciar.

Conheço pessoas que envelheceram prematuramente por um único motivo: jamais gostaram de trabalhar.

Ame o seu trabalho e você permanecerá eternamente jovem.

Somos fortes e fracos, ao mesmo tempo. Aptos a grandes empreendimentos e jornadas retumbantes. E tão frágeis, tão limitados, em tantas ocasiões.

Marcados por essa constante ambivalência de grandeza e miséria, podemos contudo criar e recriar a nossa vida, tornando-a mais bela, mais digna, mais humana, mais divina, mais arejada e musical.

Temos o poder de escolher, de controlar a nossa mente, de domesticar o nosso coração, de assumir o comando e assim tomar as rédeas do nosso eu, da nossa vida.

Não seja perfeccionista demais. Quem deseja tudo, tudo perfeito, nota dez... complica a sua vida e a vida dos outros também.

O valor da nossa existência está em deixar, em algum lugar, os frutos do amor-doação, da partilha generosa, da solidariedade cristã.

Deus nos visita quando abrimos espaços em nosso coração, deixando-o entrar.

É nas horas de silêncio, de recolhimento interior que recebemos as melhores dádivas espirituais.

*No mistério humano-divino, você e eu temos a capacidade de conduzir o próprio destino, no tempo, prelúdio da eternidade.*

## LOUVANDO E AGRADECENDO

DIRIGENTE — A gratidão é uma flor preciosa que nunca deveria murchar no nosso coração. Cada momento da nossa vida é um presente, que Deus nos oferece, para fazermos o bem. Elevemos ao Pai a nossa prece de gratidão, rezando juntos.

TODOS — Pai Nosso, que estais no céu...

DIRIGENTE — Cada momento de nossa vida é uma oportunidade de partilha e entreajuda. Felizes todos aqueles que podem repetir: segundo as minhas possibilidades, busco praticar o bem, servindo aos meus irmãos, sempre.

LEITOR 1 — Deus nos acompanha no dia a dia com o seu amor e a sua graça, nas horas alegres e nas horas difíceis. Agradeçamos profundamente todos os gestos de bondade que Deus tem para conosco, diariamente. Os gestos de bondade que Deus manifestou e manifesta à nossa família, aos nossos colegas, amigos e conhecidos.

TODOS — Nós vos agradecemos, Senhor,/hoje e sempre.

LEITOR 2 — Por tudo o que temos, por tudo o que somos, pelo bem que podemos e desejamos realizar...

TODOS — Nós vos agradecemos, Senhor,/hoje e sempre.

LEITOR 3 — Se você agradece a quem lhe oferta uma rosa, não se esqueça de agradecer a Deus: foi Ele que fez todas as rosas. Se você agradece a quem ilumina a sua casa, não se esqueça jamais: foi Ele que fez o sol e as estrelas. Deus não faz nada sem pensar em você.

LEITOR 1 — Se você agradece a quem lhe dá um copo de água, eleve o seu pensamento até Deus: é Ele que não deixa estancar as fontes. Se você agradece a quem lhe dá um pedaço de pão, lembre-se sempre: é Deus que amadurece os trigais.

TODOS — Nós vos agradecemos, Senhor,/hoje e sempre.

LEITOR 2 — Quem busca... encontra. Quem acredita... consegue. Quem persiste... alcança, tornando-se forte, imbatível, sobranceiro aos desafios e percalços do cotidiano. Agradecer é uma necessidade, que brota espontânea, no coração de quem sabe ter recebido alguma dádiva, tesouros de valor inestimável.

DIRIGENTE — Quando alguém nos ajuda a encontrar o caminho, ficamos gratos, reconhecidos. É Deus quem nos dá forças para seguir em frente e alcançar os nossos ideais. Ele é o Caminho, a Verdade e a Vida. Por isso...

TODOS — Nós vos agradecemos, Senhor,/hoje e sempre.

LEITOR 3 — Quando alguém nos consola, nas horas de sofrimento, não nos esqueçamos de Cristo, o nosso amigo e redentor. Quando alguém nos prodigaliza um pouco de Amor, lembremo-nos sempre: Deus nos ama, infinitamente, desde toda a eternidade. Ninguém jamais nos amou como o Pai nos ama.

LEITOR 4 — Pela Igreja, nossa Mãe, que nos acolhe como filhos e nos alimenta com a vida do próprio Cristo, através dos sacramentos, rezemos:

TODOS — Nós vos agradecemos, Senhor,/hoje e sempre.

LEITOR 1 — Por todos os homens de boa vontade que se esforçam conscientemente para construir um mundo mais justo e mais fraterno, rezemos:

TODOS — Nós vos agradecemos, Senhor,/hoje e sempre.

DIRIGENTE — Coloquemos nas mãos de Deus o nosso passado, o nosso presente e o nosso futuro. E, agradecendo o dom da nossa vida, cantemos todos juntos, com alegria e gratidão:

TODOS — Canto final: "Glória, glória, aleluia...".

# 22
# Bondade e esperança

Só os corações nobres, sensíveis e bonitos agradecem. Os egoístas e mesquinhos desabafam contrariados:

— Agradecer o quê?

Mergulhando no âmago da existência e no coração do mistério, uma certeza cresce, se avoluma e nos envolve: é a esperança que dá sentido à vida, é a bondade que eterniza o nosso cotidiano mais banal.

Em corações sensíveis, abertos e generosos o infinito ressoa. E tudo o que é verdadeiramente humano desperta simpatia.

Externando gratidão, uma jovem universitária desabafou: "Sempre que bebo na fonte cristalina de uma boa leitura, regresso mais leve para o chão do cotidiano, mais otimista, mais feliz. Reconciliada com a vida, comigo mesma e com Deus".

Uma leitura sadia e substanciosa leva jeito de oásis no deserto, luz no caminho, um rasgar de horizontes, mesa de reabastecimento, seta benfeitora apontando rumos de fé e esperança.

Arranje tempo, acione a sua motivação colocando livros na estante, em sua vida. E você crescerá psicológica e espiritualmente.

O amor à leitura é um sinal de juventude de espírito. Quem já não lê envelheceu prematuramente.

O ser humano, inquieto, insatisfeito, inacabado, é alguém sempre em busca de paraísos perdidos, de sonhos irrealizados.

Tecida de momentos, a felicidade humana é uma felicidade de exílio, porque sempre nos falta alguma coisa.

Trevas e interrogações invadem invariavelmente as nossas horas de claridade.

"Até nas flores se encontra estranha sorte. Umas enfeitam a vida, outras enfeitam a morte."

A esperança é o melhor pincel do mundo para colorir os horizontes e a vida, para recriar o que a rotina desgastou.

Alegria de viver profunda, perseverança sorridente e motivação incansável passam por este pequeno-grande tripé benfeitor: *pensamento positivo, terapia ocupacional, valores espirituais.*

# A IGREJA E AS VOCAÇÕES

DIRIGENTE — O documento de Puebla colocou os jovens como uma das grandes prioridades e preocupações da Igreja atual. Os jovens de hoje são o futuro da Igreja, da sociedade, da nossa pátria, do mundo. Invocando as bênçãos de Deus e de Maria Santíssima sobre nossos jovens, rezemos:

TODOS — Pai Nosso, que estais no céu...

LEITOR 1 — Tendo realizado sua missão aqui na terra, Jesus retornou ao Pai. Mas deixou-nos a sua Igreja. A Igreja, continuação da obra redentora de Cristo através dos séculos. A Igreja, luz e sal da terra, mestra e mãe.

TODOS — Senhor,/precisamos de vocações generosas para construir teu Reino.

LEITOR 1 — As vocações sacerdotais ou religiosas não caem do céu, por acaso. Não nascem prontas, por um toque de mágica. Toda vocação precisa de ambiente para nascer e maturar, para crescer e frutificar.

LEITOR 2 — Na medida em que nossas comunidades forem comunidades de fé e de oração, na medida em que vivermos nosso compromisso com o Evangelho, as vocações nascerão ao natural nas nossas famílias, na nossa comunidade.

LEITOR 3 — Nós somos comunidade. Deus nos chamou e nos marca com o seu Espírito. Deus nos chamou e escolheu para vivermos unidos no amor, na justiça, na fraternidade. Jesus rezou, no Cenáculo, para sermos comunidade, para vivermos em união: "Ó Pai, que todos sejam um. Que todos sejam um, para que o mundo creia que Tu me enviaste".

TODOS — Senhor,/aumentai a nossa fé,/a nossa união.

DIRIGENTE — Cresceremos na união e no espírito fraterno na medida em que vivenciarmos o Evangelho. A fé se concretiza em obras. Nossa união fraterna deve ser para o mundo o grande sinal do nosso cristianismo, da nossa fé, do Evangelho no qual acreditamos.

LEITOR 1 — Um lar se torna comunidade quando pais e filhos procuram viver o mandato de Cristo: "Amai-vos uns aos outros como eu vos amei". Estamos realmente vivendo o mandamento do amor no nosso lar, na nossa família, na nossa paróquia?

TODOS — Senhor,/ajudai-nos a viver nosso compromisso cristão.

LEITOR 2 — A Igreja precisa de vocações sacerdotais e religiosas. Para sobreviver. Para continuar a sua obra redentora de luz e sal da terra. Para administrar os sacramentos. Para salvar, para redimir.

LEITOR 3 — O mundo precisa de leigos lúcidos e generosos, que jogam a sua vida por Cristo, pelo Evangelho. Pessoas comprometidas com Jesus. Pessoas comprometidas com os seus irmãos. Há todo um povo a ser evangelizado e liberto.

DIRIGENTE — É Jesus que nos chama. É o Espírito Santo que nos ilumina e ajuda a responder aos apelos do Alto. Que Maria Santíssima, rainha dos apóstolos, abençoe as nossas vocações e a nossa caminhada de peregrinos, de Povo de Deus que se coloca a serviço dos irmãos.

TODOS — CANTO FINAL

# 23
# O sentido da vida

No campo sagrado e misterioso da oração, o mais importante não é a duração do tempo que doamos a Deus, mas a intensidade do nosso amor orante.

Na arte de viver, o grande segredo é colocar um sentido profundo nos mínimos gestos, pensamentos e atitudes do cotidiano.

Ame o seu trabalho, a sua família. Plante as flores da bondade e da esperança em muitos corações. E você será mais feliz, mais sorridente e realizado.

Esta é, inquestionavelmente, uma das mais profundas satisfações reservadas ao coração humano: restituir o entusiasmo, a coragem e a esperança aos irmãos de caminhada. Comungar das suas angústias e vitórias, dos seus projetos, sonhos e decepções.

Quando conseguimos minorar tristezas e aflições alheias, repartindo um pouco de nós mesmos com o próximo, nós é que saímos lucrando. A vida tem dessas compensações gratificantes.

Da partilha nasce a felicidade. Do intercâmbio fraterno brotam a luz, a harmonia, o amor.

O poeta alemão William Goethe escreveu: "Na plenitude da felicidade, cada dia é uma vida inteira".

Que bom seria se conseguíssemos colorir e recriar o mundo dos homens com as tintas do Evangelho, trazendo o eterno para dentro do tempo, repintando de azul celeste e verde esperança as paisagens áridas e despoetizadas do cotidiano sem horizontes, neste século desumanizado, agressivo e opressor!

Ser cristão no suave silêncio de um templo ou de uma capela é fácil.

Manter-se fiel e esperançoso em meio às turbulências da sociedade hodierna reclama fé, heroísmo e muita oração.

Sobreviver é cada vez mais áspero, desafiante.

Deus nos deu a vida para dela fazermos uma obra de arte.

Péssimo artista, o século XXI: usa mal as tintas, esbanja talentos, distorce valores e metas, maneja pincéis errados.

Sem dimensão espiritual as sociedades sucumbem, naufragam, se autodestroem.

Recristianizar e reconstruir é preciso. A começar das bases, com muita coragem e muita determinação. Cantando salmos de alegria, de esperança e gratidão.

## PELAS ESTRADAS DA VIDA

DIRIGENTE — Este é um sinal de sabedoria: ir a Cristo, através de Maria. Pedindo que Maria Santíssima nos leve ao Pai, através de seu Filho, Jesus Cristo, rezemos alegres, confiantes, agradecidos:

TODOS — Ave, Maria, cheia de graça...

LEITOR 1 — Antes de encetar as suas estupendas campanhas pela Ásia, pela Índia e pela África, Alexandre Magno raspou integralmente os cofres do tesouro real, distribuindo tudo aos pobres do seu reino. Magnanimidade do generoso rei? Um simples gesto de ostentação, demagogia ou publicidade do vitorioso caudilho, que desejava chamar a atenção sobre si mesmo? A história não esclarece. Mas houve um lacônico diálogo que as crônicas registram. Diante dos cofres vazios, um dos oficiais de Alexandre Magno perguntou, surpreso:

— E o que reservais para vós, majestade?

— A esperança, somente a esperança! — respondeu o impetuoso monarca.

TODOS — Aumentai, Senhor,/a nossa fé,/a nossa esperança,/a nossa fraternidade.

LEITOR 2 — Em geral, definimos a existência de acordo com a nossa mentalidade, a nossa cultura, os nossos valores e crenças. Para a lagarta, no pomar ou na horta, a vida é uma cabeça de couve. Para homens materialistas, a felicidade maior está em dinheiro, riqueza, conta bancária, bem-estar. Para um descrente, a vida termina na sepultura. Para nós, cristãos, peregrinos da esperança, viver é construir o Reino, difundir o Evangelho, prestar auxílio e solidariedade aos nossos irmãos. E preparar a nossa eternidade junto a Deus.

TODOS — Aumentai, Senhor,/a nossa fé,/a nossa esperança,/a nossa fraternidade.

DIRIGENTE — Os Reis Magos foram até Belém guiados por uma estrela. Desde que uma Criança nasceu em Belém, naquela noite feliz e luminosa, uma grande estrela ilumina os passos da humanidade: a esperança cristã. Essa esperança cristã que sustenta as pequenas-grandes esperanças humanas, incendiando de alegria, de fé e de otimismo os horizontes da nossa jornada. Natal é a festa da alegria, da paz, da esperança, do amor.

LEITOR 1 — Deve ser lancinante, áspero, penoso e dramático viver sem fé, sem perspectivas de futuro melhor, sem esperança! Esta é uma prece que poderíamos e deveríamos rezar a cada dia:

— Senhor, que eu perca tudo, menos a esperança.

TODOS — Vinde, Senhor Jesus,/habitar em nossos corações.

LEITOR 1 — O mundo tem sede de Deus, sede de paz e fraternidade. Que o nosso testemunho de vida cristã prepare em muitos corações o advento do Amor e da Bondade. Que o nosso apostolado se alimente sempre na fonte da oração, na riqueza da vida sacramental.

TODOS — Vinde, Senhor Jesus,/habitar em nossos corações.

DIRIGENTE — Você e eu, meu irmão, minha irmã, somos peregrinos da esperança nos caminhos do tempo, rumo à eternidade.

TODOS — Canto final: "Pelas estradas da vida...".

# 24
# Seja você mesmo

Ninguém consegue agradar a todos. Aceite esse fato com naturalidade. Sempre haverá pessoas que não entram "na nossa", dissonantes, não afinadas conosco.

Nem Cristo, santo e perfeito, conseguiu agradar a todos.

Não somos, possivelmente, o que deveríamos e o que poderíamos ser.

A imperfeição e a incompletude nos marcam. Um motivo a mais para cultivarmos a virtude da humildade...

Mesmo fracos e limitados, somos únicos, originais. Deus nunca repete a mesma forma, modelo idêntico.

Por estas e outras, seja você mesmo, sem plagiar, sem repetir ninguém, sem imitar ingenuamente outras pessoas.

Assuma a sua identidade pessoal. Deixe a sua marca, a sua característica própria lá onde você passa, lá onde você trabalha e reside.

Você é único, irrepetido, original, amado por Deus.

Viver é acrescentar: experiências, horizontes, cultura, vitórias e derrotas, amigos e desafetos.

Cada nova aquisição na escola da vida, na aprendizagem da felicidade, virá acompanhada de riscos inevitáveis, de desafios cotidianos.

Enfrente-os sem medo. De fronte erguida e coração sereno.

Você não conseguirá, é claro, transformar o mundo inteiro, mas poderá melhorar o seu mundo pessoal.

Lá você governa, administra. Lá você é dono, soberano. Nas províncias do seu eu.

O milagre é habitual. Basta um pouco de coração e sensibilidade para descobri-lo na superfície do cotidiano mais trivial.

Não deixe para amanhã, ou para a semana que vem, o que você pode fazer hoje: os bons propósitos, uma boa leitura, um favor ou um elogio a alguma pessoa próxima a você.

Ninguém empobrece partilhando tempo, amizade e atenção com os irmãos de caminhada.

Enquanto existir boa vontade alimentando as velas da esperança, o facho da felicidade continuará a iluminar, aquecer e redimensionar os caminhos da humanidade.

## A ALEGRIA DE SERVIR

DIRIGENTE — Qual é a maior riqueza de uma pessoa? O seu dinheiro, a sua casa, o seu automóvel, os seus amigos, as suas propriedades? Não. A maior riqueza de uma pessoa é a bondade do seu coração. Cristo passou pelo mundo fazendo o bem. Maria Santíssima foi um coração cheio de bondade e amor. Agradecendo o exemplo vivo de amor e bondade que Jesus e Maria nos deixaram, rezemos juntos a oração que o próprio Cristo nos ensinou:

TODOS — Pai Nosso, que estais no céu...

DIRIGENTE — A mais profunda realização humana nasce da alegria de servir. Você já experimentou o gosto bom dessa alegria?

LEITOR 1 — Deus criou o mundo. Cabe a nós completá-lo. Jesus nos salvou morrendo na cruz. Cabe-nos a tarefa de completar a obra redentora.

TODOS — Senhor,/queremos ser apóstolos do vosso Reino.

DIRIGENTE — Lá onde você estiver, é aí que você deve agir e frutificar. No seu lar, na comunidade, no trabalho, na vida social, em toda parte. É belo juntar as mãos em prece, rezando. Mas devemos também abrir as mãos no gesto da caridade, no trabalho e no apostolado. A Igreja e o mundo necessitam de apóstolos ardorosos, entusiastas, perseverantes, cheios de alegria pascal.

TODOS — Senhor,/queremos ser apóstolos do vosso Reino.

LEITOR 2 — De pequenas gotas de água nascem as fontes, os riachos, os rios e os oceanos. Do trabalho conjugado dos homens nasce o progresso de uma comunidade, de uma nação. A união faz a força e a fraternidade nos torna irmãos, num Reino a construir.

LEITOR 3 — Oração e apostolado não representam apenas um lema de vida cristã. Oração e apostolado são as duas maiores forças para salvar o mundo, para cristianizar o universo, para continuarmos a obra inacabada da Redenção.

TODOS — Senhor,/queremos ser apóstolos do vosso Reino.

DIRIGENTE — Só Deus é o Criador... mas você pode valorizar o que Ele criou.

LEITOR 1 — Só Deus pode dar a fé... mas você pode e deve testemunhar a sua fé, em cada momento de sua existência. Só Deus pode infundir esperança... mas você pode restituir a confiança a quem a perdeu.

TODOS — Senhor,/queremos ser apóstolos do vosso Reino.

DIRIGENTE — Só Deus pode dar a força... mas você pode apoiar quem está desanimado. Só Deus é a luz... mas você pode fazê-la brilhar no mundo, nas almas, nos corações.

LEITOR 2 — Só Deus é a Vida... mas você pode distribuir aos outros a alegria de viver.

DIRIGENTE — Só Deus é o Caminho... mas você pode e deve apontar esse caminho, essa Vida e essa Verdade a todos os irmãos de caminhada.

TODOS — Obrigado, Senhor, Caminho, Verdade e Vida, dentro da nossa existência peregrina, rumo à eternidade.

TODOS — CANTO FINAL

# 25
# O mundo tem sede de Deus

Jorge Barrow, romancista inglês do século passado, passava perto de um acampamento cigano, nos arredores de Chester. Um bando estrepitoso de crianças rodeou-o, em dois tempos. E o romancista escreveu, narrando o episódio:

"Coração aberto, dei-lhes algumas moedas. Uma velha cigana, tomando-me por ministro da religião ou sacerdote, gritou bem alto:

— Guarde o seu dinheiro. Não temos necessidade dele. Dê-nos Deus!"

O grande e angustiante brado do mundo moderno não é pelo deus-dinheiro, pelo deus-conforto, pelo deus-tecnologia.

O grito é mais amplo. A sede é mais profunda. O século XXI, mais do que nunca, tem fome e sede de Deus.

Seria ingênuo pensar que devemos estar sempre pregando sermões em praças públicas, impingindo conselhos e mensagens religiosas a todas as pessoas que cruzam os nossos caminhos.

Tudo tem hora na vida. A grande arte é dizer as palavras certas, para as pessoas certas, na hora certa.

Jesus foi um mestre admirável na difícil pedagogia do momento oportuno.

As nossas atitudes, os nossos gestos e as nossas palavras é que devem ser uma presença constante, um testemunho-mensagem. Sem espalhafato, sem forçar situações. Com equilíbrio e bom-senso. No instante adequado.

O que é sincero transparece. O que é autêntico contagia.

O que vem de dentro se impõe ao natural, sem necessidade de clarins de publicidade.

Nenhum diálogo ou encontro nosso deveria ser estéril para aqueles que se aproximam de nós.

Temos sempre algo para ofertar e distribuir: um pouco de alegria e muita esperança, um pouco de verdade e muito otimismo, um pouco de coragem e muita paciência. Um pouco de ânimo, luz e jovialidade cristã, de que tanto necessita este mundo sofrido, tristonho, machucado, tão carente e superficial. Além disso, sempre temos *alguém* a quem doar e distribuir, jubilosamente.

Uma das mais belas compensações da vida é que ninguém ajuda aos outros sem ajudar a si mesmo.

Quem se doa, generosamente, termina sempre beneficiado, espiritualmente. No tempo, a caminho da eternidade.

# 26
# Teologia popular

Numa reunião com um grupo de camponeses, lancei a pergunta: "Afinal, *quem é Deus na vida de cada um de vocês*?".

Um a um, foram dando sua opinião. O último a falar foi o Severino, um velhinho simpático e arqueado pelos anos.

Do fundo da sua idade, do alto da sua sapiência vivida, o Severino filosofou:

— Deus é meu chão... Se eu caminho na vida, é porque Ele me dá segurança. Neste chão, que é Deus, construo o meu trabalho, a minha família.

Neste chão, que é Deus, enterro o lixinho da minha vida: os lados negativos, os meus defeitos, as minhas fraquezas humanas.

E Deus, que é Pai, transforma tudo em fruto, alimento e flores. Caminho tranquilo e sou um homem feliz... realizado... porque Deus é meu chão!

A sabedoria está com os pobres e humildes, tantas vezes... E também o bom-senso, a teologia popular.

O tempo é uma chance que Deus nos oferece para trabalharmos com Ele em benefício dos outros e de nós mesmos.

Dizem que o homem aquilata o valor do tempo só quando lhe restam alguns momentos de vida, diante da morte.

Haverá um dia, o último dia. Aquele dia em que já não viveremos a próxima folhinha-calendário.

O mundo continuará a sua marcha, a sua rotina e a sua atividade sem a nossa presença, sem a nossa participação. O nosso dia no mundo terá terminado.

Existem rugas que jamais deveriam ser motivo de vergonha.

Rugas na fronte, cicatrizes de um trabalho honrado e constante.

Felizes aqueles que pisam o limiar da eternidade podendo dizer:

— Senhor, trago as mãos calejadas de tanto semear bondade, de tanto fazer o bem!

A sabedoria da fé nos avisa: quando a vida nos fecha a porta, Deus nos abre uma janela.

Quando o mundo circundante nos decepciona e castiga, há sempre um coração aberto para nos confortar e acolher. Cristo, o amigo certo das horas incertas. Hoje, amanhã e sempre.

# 27
# A felicidade de partilhar

O alfaiate costura pano, roupa. O escritor costura palavras, alinha frases, expõe pontos de vista. Atento aos fatos e acontecimentos, de antenas constantemente embandeiradas, percebe detalhes que outros não viram.

Woody Allen, polêmico diretor e artista cinematográfico, confessou recentemente:

— Cada pessoa tem um *estoque de ideias*. Uma espécie de extrato subterrâneo a explorar.

Concordo. Além de um pequeno estoque de ideias básicas, os jornalistas e escritores verbalizam sinteticamente o que se passa à sua volta.

Não são "magos ou bruxos da palavra", como pensam alguns leitores. Fazem-se intérpretes, apenas, do cotidiano multifacetário.

Ao radiografar os seus sentimentos e anseios, as suas dores e esperanças, as suas alegrias e decepções, um escritor está fazendo a xerox da existência de milhares de mortais comuns, porque na raiz profunda do ser somos todos muito semelhantes.

E diferentes, díspares, apenas na superfície, no visual externo, na ramagem. Daí o fenômeno tão corriqueiro da sintonia fácil e da identificação entre leitores e escritores.

Os subterrâneos existenciais se repetem, nos igualam e nos aproximam.

Felizes e bem-aventurados aqueles que repartem o seu estoque de ideias, a sua capacidade de trabalho com os irmãos de caminhada.

Sábios os que fazem chegar à tona o seu *extrato subterrâneo* de bondade, ternura e colaboração generosa.

Da partilha nascem a felicidade, a paz profunda, a esperança de um mundo melhor. Mais justo, solidário e cristão.

Passamos a vida na busca das nossas raízes, da nossa identidade religiosa e cultural.

Pense positivo e o seu meio ambiente será menos hostil, mais pacificado.

Semeie calor humano, simpatia, e todos desejarão viver à sua volta.

A vida vale a pena quando a transformamos em ofertório, oferenda e altar. Ser e existir é um eterno vir a ser, sob as bênçãos de Cristo, redentor da humanidade.

# 28
# Lágrimas redentoras

É fato verídico o que ocorreu com o imperador Francisco José, da Áustria, segundo narram os historiadores da época.

Para a formalidade da assinatura, áulicos do palácio levaram ao velho monarca, certa vez, uma sentença de morte.

Com mão trêmula, o imperador colocou o seu nome. No mesmo instante, porém, furtiva lágrima rolou dos olhos do ancião sobre o papel, deformando e desfazendo parcialmente a assinatura.

Francisco José tomou o papel e, entregando-o ao secretário, disse: "Lágrimas apagam a culpa. Meu nome é ilegível e, portanto, sem valor. O réu está perdoado".

"No céu haverá maior alegria por um só pecador que se converte do que por noventa e nove justos que não precisam de perdão", disse Jesus.

Lágrimas apagam a culpa. Corações contritos chamam a misericórdia divina.

O Pai celeste está sempre de braços abertos para acolher e perdoar os pródigos de todas as estradas.

Se você deseja experimentar o inferno na terra, odeie, vingue-se. Sem perdão não existe paz nem felicidade.

Dizem que o sândalo perfuma o machado que o fere.

"Elevamo-nos acima daqueles que nos insultam perdoando-os", dizia Napoleão Bonaparte.

O perdão generoso, que por vezes exige heroísmo, é a marca das grandes almas. Jesus morreu nos braços de uma cruz, perdoando. E salvou a humanidade.

O tempo, Senhor, é infinito em tuas mãos. E minha vida é curta demais para ser desperdiçada em coisas inúteis, superficiais.

*Que os meus ofertórios tenham sempre alguma oferenda, braçadas de esperança e muito amor!*

*Maria, mãe da bondade e do perdão, fazei nosso coração semelhante ao vosso.*

# 29
# Ele é o Caminho

Por muito tempo se acreditou que bastaria aumentar o progresso material para os povos sentirem o sabor da felicidade, da plena realização.

Hoje, até os mais otimistas defensores dessa tese questionam a natureza ambígua da "civilização" hodierna.

Os grandes problemas mundiais, em vez de se amenizarem, se aguçaram assustadoramente nas últimas décadas.

Um mundo melhor pode e deve ser construído. E nós temos de ser os engenheiros dessa ingente tarefa.

O importante é continuar acreditando, sem depor a esperança e a vontade de trabalhar, de somar esforços.

Mesmo que as labutas do cotidiano desgastem um pouco o nosso entusiasmo, *perseverar é fundamental.*

Dispersa e dividida, a humanidade procura paz, harmonia, serenidade. Deus é a *Paz.*

Corações vazios e carentes buscam migalhas de compreensão, amor e acolhimento. Deus é *Amor.*

Perdidos nos labirintos do cotidiano e do mistério, milhões de criaturas suplicam por claridade, orientação. Deus é a *Luz*.

Pairando acima das vicissitudes e dos percalços da história, a voz de Cristo nos fala, convida e incentiva: "Por que vocês procuram respostas e fórmulas de solução longe de mim? Eu sou o Caminho, a Verdade e a Vida".

O mais importante, no Reino de Cristo e no cotidiano da vida, não é o triunfo, mas o empenhar-se na luta.

Ser santo é reconhecer-se limitado, pecador. Sempre a caminho.

O grão de trigo deve morrer para depois renascer e frutificar. Mesmo derrotado, sempre é vitorioso quem dá o melhor de si mesmo.

Seria melancólico e triste se tudo no mundo estivesse pronto, acabado.

Tudo perfeito, sem necessidade de retoque, de complementação.

Deus é tão sábio e desconcertante em seus desígnios e planos projetados na história que nos deixa inacabados, prédios-vida em perene construção.

Perfeição total, só na eternidade!

# 30
# Milagres acontecem

Fernando, pai de família, viveu afastado de Deus e do Evangelho por muitos anos.

Um dia converteu-se, mudando completamente os seus pensamentos e atitudes.

Cético e descrente, um velho amigo seu entrou a questioná-lo, cheio de farpas e ironias:

— Então você resolveu tomar novos rumos na vida?

— Sim, Deus seja louvado.

— Concluo que você deve saber muita coisa sobre Jesus Cristo agora. Diga-me, pois, em que cidade ele nasceu?

— Não sei.

— E qual era a idade de Jesus quando morreu?

— Também não sei...

— Quantos sermões ele proferiu ao longo da sua vida?

— Não sei...

— Na verdade, como convertido, você sabe muito pouco sobre Jesus de Nazaré.

— Você tem razão. Mas uma coisa eu sei. Três anos atrás eu era um alcoólatra incorrigível. Meu lar desmoronou, caindo aos pedaços. Eu brigava muito com a minha esposa e os meus filhos, que choravam pelos cantos. Perdi colegas e amigos.

Agora deixei de beber, reconquistei amizades, saldei as minhas dívidas e o meu lar voltou a ser um recanto de paz e felicidade, como antigamente.

Humilde, sereno, levantando os olhos para o alto, Fernando concluiu:

— *Foi Jesus quem realizou esse milagre comigo, dentro do meu coração. E isso é tudo o que eu sei a respeito de Jesus Cristo, meu libertador.*

Não esqueça: há sempre uma noite escura para cada amanhecer. Um Calvário antes da Páscoa.

Levamos melhor o nosso barco-vida com Deus a bordo.

E dormimos melhor à noite rezando gratidão.

A chave da prece abre e fecha portas milagrosas, no tempo, que prefacia o nosso futuro, na glória da eternidade.

Este livro foi composto nas famílias tipográficas
*Chaparral MM* e *Berkeley*
e impresso em papel *Offset 75g/m²*

FSC
www.fsc.org
MISTO
Papel produzido
a partir de
fontes responsáveis
FSC® C008008

Edições Loyola

**editoração impressão acabamento**

rua 1822 nº 341
04216-000 são paulo sp
**T** 55 11 3385 8500
**F** 55 11 2063 4275
**www.loyola.com.br**